鯨の岬

河崎秋子

集英社文庫

目次

鯨の岬 7
東《とう》陬《すう》遺事 129
解説 桜木紫乃 208

鯨の岬

鯨の岬

ゴメの鳴き声はいつも奈津子の心をざわつかせる。カラスより人を恐れず、餌の確保に貪欲で、しかも糞《ふん》が汚い。子どもの頃、近所に住んでいた年寄りが「食糧難の時はよく捕って食ったもんだ。結構うまいもんだったよ」などと言っていたが、ただでさえ好きではない鳥なのに、その肉を食べるだなんて。おぞましくて想像するのも嫌だった。

結婚してしばらくした頃、小樽《おたる》のビーチで「ゴメがうるさい」と奈津子が呟《つぶや》いたところ、夫は「ゴメって何？」と不思議そうに首をかしげた。そこで初めて、ゴメとは地域限定の言葉であること、普通はカモメと言わねば通じないことを知ったのだった。

魚を捌《さば》く時は、脇目も振らず、一気に。母はそう教えてくれた。同時に湯を沸かしたり、ぬか床から胡瓜《きゅうり》を出そうだなんてけっして考えてはいけない。包丁を手にしたら、作業を終えて道具を全て洗うまで、全て短時間で終わらせなさい。そうしないと、魚が傷むし、臭くなった手でお台所のあちこちを触ってしまうことになるから。

いつも家事をてきぱきとこなした母らしい教えだと奈津子は思う。あの頃は子どもだった自分が孫のいる年齢になった現在でも、当時の母のぴしりとした声を思い出すたび背筋が伸びる。まな板の上では、澄んだ目をした鰯《いわし》が切り身になる時を待っていた。

ごりごりと音を立てながら、新鮮な鰯の鱗《うろこ》を包丁の背でこそぎ取り、水でさっと洗う。きらきらとした鱗がシンクの排水溝に流れていった。包丁で頭《かしら》を落としてから腹を切り、内臓をかきだした。今日の鰯は型が大きいから、手開きではなく包丁で背骨と身を切り離していく。いつもならこれで終わりのところを、腹腔《ふくこう》があった箇所に沿って刃を滑らせ、規則正しく並んだ腹骨を全て切りとった。奈津子も夫もこの程度の小骨は気にしないのだが、今日はそういうわけにはいかないのだ。

玄関のドアが勢いよく開けられ、どたどたと足音が近づいてくる。踵《かかと》に重心を置いた、夜はよく二階から響いてくる孫、蒼空《そら》の足音だ。

「おばーちゃん、今日の晩ごはん、なにー？」

「おかえり。晩ごはん気にするより先に『ただいま』でしょう」

窘《たしな》められた蒼空は小さく「うっぜ」と呟いてから、ようやく怠《だる》そうに「ただいま」と口を尖《とが》らせた。相手の気持ちを考えずに汚い言葉を使うのは、小学三年生にしては幼いのか、それとも今の年代だと年相応の行動なのか、奈津子には判断がつかない。考えている間に叱る時間を失う。いつもこうだ。

「そーだ、おみやげ」

蒼空はポケットの中から何かを取り出すと、奈津子の方へと手を突き出した。途端に、ぷうんとした臭いが鼻を突く。昔、夫が出張に使っていた鞄《かばん》から脱いだ靴下を発見した時のような臭さだ。奈津子は思わず鼻のあたりを押さえた。

「なにこれ、どうしたの」

渡されたのはくしゃくしゃになったハンカチの塊だった。開くと、中には果肉の潰れた銀杏《ぎんなん》が五つ転がっている。

「銀杏って食べられるって先生言ってたから、下校途中にあったの、みんなで拾ってきたんだよ！　これ食べれるようにして！」

蒼空は得意満面でふんぞり返っている。奈津子は強いて笑顔を作った。

「偉いね。じゃ、おばあちゃんが処理しておくから、ズボンそれはき替えて、脱いだ奴《やつ》はおばあちゃん家《ち》の洗濯機に入れておきなさい。あとでこのハンカチと一緒に洗っておく。臭いがついてたらいけないから」

布類を銀杏の臭いがついたままにしておいたら、あとで嫁に渋い顔をされてしまう。言えない言葉を察することもなく、蒼空は「めんどくせー」とその場でズボンを脱ぎ、リビングにある自分用のカラーボックスに着替えを取りに行った。

奈津子は台所用ポリ袋にハンカチごと銀杏を入れながら肩を落とす。せっかく拾ってきてくれたものではあるけれど、臭い果皮を取り除き、洗って乾かし、食べられる状態にするのは正直面倒だ。しかも、ある程度まとまった量なら皆で食べられるが、五粒程度、息子の晩酌のつまみにもならない。

ひとまずポリ袋を流しに置くと、着替えた蒼空が再び台所にやって来た。

「で、晩ごはん、何?」

「鰯のムニエル。さっきスーパーで新鮮なの見つけたから」

「ふーん」

蒼空はあからさまにがっかりした表情を見せると、居間のソファにランドセルを放り投げ、どたどたと玄関へ向かって走っていった。

「外に遊びに行くの?」

「違うよ、二階からゲーム取ってくる」

玄関のドアが閉まり、続いて外付けの階段を上っていく足音、そして息子一家の住まいである二階からばたばたと音がする。奈津子は「はあ」とわざと音を出して溜息《ためいき》をついた。どうせ蒼空には聞こえまい。

蒼空は奈津子のただ一人の孫だ。大きな病気をすることもなく育ち、時折小さなトラブルはあれど毎日元気に小学校に通っている。今日もいつものように、親が仕事から帰宅するまで、祖父母の居住スペースである一階で気ままに過ごすことだろう。

奈津子と夫は、一人息子の豊が授かり婚をしたタイミングで、手稲《ていね》の自宅を二世帯住宅に建て替えた。家も古びてそのうちどうにかしなきゃいけなかったんだし、どうせなら建て替えて一緒に住めばいいだろう。嫌なら好きな時に出て行けばいいし。建てる金は全て俺が出すから、と夫が言い張ったのだ。豊の妻となった久美子は出産後も勤めを辞めたくないというので、産後、自分たちが息子夫婦の力になれれば、というつもりのようだった。

　夫のそんな包容力は奈津子も頼りにしてきた。しかし実際のところ、二世帯住宅での同居、出産、子育てとなると、若い夫婦をサポートするのはほぼ全て奈津子の役割となった。

　実質、二人目の子育てだった。息子の豊は支えてくれる両親にきちんと感謝を示してくるし、嫁の久美子は精神的にも経済的にもしっかりした女性で、嫁姑《しゅうとめ》の大きな問題もない。そして間違いなく初孫は可愛《かわい》い。

　しかし、それを差し引いても、多くを委ねられる孫育ては、奈津子には大きな負担だった。つきっきりの乳幼児期が過ぎ、幼稚園の弁当作りと送り迎えがようやく終わったと思ったのに、蒼空が小学生になってからも放課後はずっと一階で面倒を見なければならない。

「学童は蒼空と相性が悪い子がいて本人が通いたくないと言っている。二階で一人で過ごさせると心配だし、宿題もさぼるから、おばあちゃんに見ていてもらいたい」というのが若夫婦の言い分だ。おまけに、週三回の習い事と塾の送り迎えと、ほぼ毎日の夕飯も用意して食べさせるよう頼まれている。

「そーらー。ずっとゲームしてないで、宿題もしなさいね」

「はいはいはいはぁーい」

ソファで寝ころんで手元のゲームに興じている蒼空は、こちらを見ようともしない。本当は帰ったらすぐに宿題を済ませるよう言わなければならないのだが、最近ではこちらが強く言えば癇癪《かんしゃく》を起こすので、何とかなだめすかしながら面倒を見ているのが常だ。

自分の子、そう、豊を育てていた頃だったら、ぴしゃりと言うこともできたのに。一般的には孫は責任を負わなくて良いからこそ可愛く思えるのだと言われるが、嫁からは多くの注文が出され、豊を育てていた時以上に緊張を強いられる。

送り迎えの時は遅刻しないように、宿題はちゃんとさせて、栄養管理はきちんと、などなどだ。どちらが嫁でどちらが姑か分かったものではない。世話と気遣いに雁字搦《がんじがら》めになった孫育ては、可愛いからこそひどい疲弊が募った。

捌き終えた鰯に軽く塩をし、冷蔵庫に入れた。あとは衣をつける前にしみ出た汁を丁寧に拭ってやれば独特の臭みは薄れる。居間からは蒼空の笑い声が響いていた。ぎゃは、は、とわざとらしいほどに大きな声は、大人の注意をわざと引きたいようにも聞こえた。

奈津子が手を洗ってリビングに行くと、蒼空はソファに寝そべりながら、ゲーム機で動画を見ていた。動画やユーチューバーの配信番組をよく見ているようだが、何が面白いのか奈津子にはまったく分からない。

とはいえ、自分の息子が幼い時に煩《うるさ》いだけの芸人が出ているテレビに夢中になっていたことを思い出すと、子どもが興味を示す対象にさほど変わりはないのかもしれなかった。ただ自分とは世代が隔たりすぎて、理解できなくなっているだけだ。下の世代にとって面白いものを決めるのは奈津子の役割ではない。

「横になって見てると目悪くするよ」と一応声をかけるが、「はーい」という軽い返事のまま姿勢は変わらない。

奈津子がテレビを点《つ》けて夕方のニュースを確認していると、蒼空は一層声を上げて笑った。

「何がそんなに面白いのかねえ。おばあちゃんには分かんないわ」

「だって面白いもん。見てこれ。マジすごいから」

溜息交じりの自嘲に反応したのか、蒼空が手元の画面をこちらに向けてくる。黒く縁どられた画面の中に、『とっておき衝撃映像十連発』という文字と、大きな魚の尻尾が見えた。

蒼空が再生ボタンを押すと、画像が動き出す。砂浜に横たわっている大きな魚は、カメラを持っている人間が後ずさったのか、少しずつ全体像が見えてきた。

黒っぽい灰色に、つるりとした表面。尻尾の反対側、頭の方には彫刻刀で削ったような溝が幾筋も並んでいる。顎部にある、畝《うね》と呼ばれる伸縮する構造。魚ではなく、クジラだった。

そのクジラの腹に、白い防護服を来た人物が近づいていく。顔にはガスマスクのようなものを被《かぶ》っていた。腐り、臭いが凄《すご》いのだろう。

周囲にはゴメらしき海鳥がたむろしている。音声は流れていないのに、奈津子の脳裏は勝手にその鳴き声を再生する。うるさいな、そう思った時、防護服の人物が腹らしきところに手を触れた。すると、クジラが内側から破れた。爆発したのだ。

音が入っていないから肉の弾《はじ》ける音は聞こえない。だが、見た目には爆発そのものだった。腹の裂け目が広がると同時に、太いゴムホースのような腸や黒っぽい肉塊が、赤い飛沫《しぶき》と一緒になって一気に外へと弾け出してくる。飛沫が直撃した防護服の人物は慌てて逃げ惑い、周囲で見守っていた鳥たちはぱっと宙に飛び立った。同時に、蒼空の箍《たが》が外れたような笑い声が奈津子の耳をつんざいた。

蒼空は全身を揺らしながら大笑いをしていた。笑い声の中に時折「すっげ」「ありえん」という感嘆の声を挟みながら、息が切れるとヒィーッと甲高い音を立てながら息を吸う。そして笑い続ける。奈津子からすると異常なほどの反応だ。

「ね、すごいしょ。マジで」

「何がそんなに面白いの」

零《こぼ》れ出た声は思いのほか冷たかった。しかし蒼空は気にせず荒い息を整えている。顔が赤い。目じりに涙が浮かんでいる。

「メッチャ面白かったしょ。あー、マジありえねえ。クジラ爆発って、けっひ」

蒼空は笑いの名残か咳込《せきこ》みながら手を動かし、次の動画を再生し始めた。奈津子はこれが自分の血を分けた孫なのだと思うと、ふいに頰の筋肉が強張《こわば》った。孫に背を向け、ふらふらと台所へと歩いていく。水道の水をコップに注《つ》ぐと、一気飲みした。心臓がばくばくと音が聞こえそうなほど拍動し、その一方で脳天から顔、首がすうっと冷えていく。舌の付け根から酸っぱい唾液がこみあげてきた。たまらず床にしゃがみこむ。

「何が、面白いって、いうの」

喉がつかえて呼吸ができなくなりそうな気がして、代わりに言葉を絞り出す。一言、一言。奈津子は反動で吸い込んだ空気の中にふと、画面の向こう側の世界に満ちていたであろう臭いを嗅いだような気がした。上あごの裏側に、べっとりと張り付くような独特の腐敗臭。

そうだ。私はあの臭いを、腐ったクジラの臭いを嗅いだことがある。確か、小学校の最高学年、六年生の頃に。

たどり着いた記憶は、荒い呼吸の中でも揺らぐことなく奈津子の脳裏に染み付いた。そうだ、教師だった父・勘一郎が浜沿いの中学校で教えていた時、家族でその町に何年間か住んでいたのだ。多分、小学六年生の時にそこで同じようなクジラの爆発を見て、その臭いを嗅いだ。

普段は思い出すことのなかった、何十年も前の記憶が急に浮上してくる。あの頃過ごした町、小学校の友人、住んでいた家。数珠玉のように次々と連なって、奈津子の意識を占領していく。居間から再び響いて来た笑い声がただひたすらに煩かった。

「ただいまー」

もうすぐ夕飯が出来上がるタイミングで、玄関から夫の声がした。すぐにのっそりと、少し太り気味の体がリビングにあらわれる。ほぼ日課となっているパークゴルフから帰ってきたのだ。

「おかえりなさい、遅かったね」

「ホール回った後に喫茶店でみんなのお喋《しゃべ》りに付き合わされちゃってな。おー蒼空、おみやげだぞー」

夫はそう言うと、手にしたコンビニの袋を掲げた。蒼空がようやくゲームから顔を上げて袋に飛びついてくる。

「やった！　新作のプリンじゃん！　ＣＭでやってるやつ！」

「前食べたがってただろ。ご飯の後で食べような」

「うん！　ありがとおじいちゃん！」

蒼空はビニール袋を掲げながらプリン、プッリン、と小躍りしている。夫も孫も、甘いものの食べ過ぎには気を付けなければいけないのに、奈津子は朗らかな空気を壊したくないという理由だけで、台所に戻って料理の仕上げにかかった。

しかし、食器を出していても、料理を盛りつけていても、ふと記憶の淵《ふち》からクジラの生々しい映像が漏れ出してくる。自分にそんな昔の記憶が残っていたのかと内心驚きながら、奈津子は手を動かした。

ほどなくして、三人そろって食卓についた。ダイニングテーブルに並んでいるのは鰯のムニエル、サラダと南瓜《かぼちゃ》の煮物、あとは蒼空が好きだからと作り置きしてある牛肉のしぐれ煮。ごちそうと呼べるわけではないが、奈津子が家族の好みと栄養に気を配った献立だ。その中に夫が買ってきたプリンが三個並んでいる。

頂きますと手を合わせると、蒼空はすぐに椅子から立ち上がった。そのまま冷蔵庫に直行する。

「ソースかけるなら、少しにしておきなさいね」

「ううん、マヨネーズ」

「ムニエルにマヨネーズ？　変でしょ、それ」

「マヨいっぱいかけたら魚くっせえの、分かんなくなるもん」

当たり前のように言い放つ蒼空に、奈津子は何も言えなかった。黄金色の焼き色がついた鰯の上に、マヨネーズが山盛りになっていく。何も言うまい。一旦そう決めて、孫の皿が視界に入らないよう、自分の皿だけを見つめて箸を動かした。丁寧に捌き、丁度良く塩コショウの下味をつけておいたムニエルに臭みはなく、そのままでも充分美味《おい》しかった。

蒼空はマヨネーズまみれのムニエルを完食し、白飯と味噌汁《みそしる》を二回ずつお代わりした。奈津子が譲った分も含めてプリンを二個食べ終えて、再びリビングでゲームに没頭している。魚を残さず食べたのは小骨まで丁寧に取ったからか、それともマヨネーズのお陰なのか。奈津子はひとまず孫の食欲が旺盛なことに安堵《あんど》して、片付けのために台所に立った。

食器を洗い終え、使い捨てのビニール手袋をはめる。換気扇のスイッチを入れて流しの隅に転がしてあった銀杏の包みを破ると、再び銀杏のきつい臭いがした。汁がついたハンカチはもう洗っても臭いがとれないかもしれない。嫁にどう言って説明しようか。そう思いながら、口で呼吸をして果皮を洗い流した。

洗った銀杏の種をザルで乾かし、排水溝の掃除も終わった頃、玄関のドアが開く気配があった。続いて、「こんばんはー」と嫁の久美子の声が聞こえてくる。リビングではなく、廊下と台所を繋《つな》ぐドアが開いてスーツ姿の久美子が姿を見せた。

「どうも、ただいま戻りましたー」

「おかえり。久美子さん、ご飯のおかず持っていく？　鰯のムニエル、多めに作ったから」

「いえ、大丈夫です。豊さんの分も買ってきたので」

久美子はコンビニの袋を笑顔で掲げ、やんわりと提案を断る。これで、奈津子の明日の昼食は、電子レンジで温め直したムニエルに決定した。

「蒼空、二階帰るよー」

久美子がリビングに声をかけると、蒼空は右手にゲーム機、左手にランドセルを持って駆け寄ってきた。

「おかえり。あっママ、それ、ファミチキ買った？　匂いする。一口、一口ー」

「言うと思ったから、蒼空のぶんも一個多く買ってきたよ」

「やーりぃー」

賑々《にぎにぎ》しい会話は途絶えることなく、玄関ドアがバタンと閉まって、二つの家族は仕切られた。奈津子は結局、銀杏とハンカチのことを言いそびれてしまった。

二階からかすかに足音が聞こえる。リビングでテレビを見ている夫に気付かれないように溜息を吐《つ》いた時、その夫が「かーさん、ちょっと」と呼ぶ声がした。

「あのさあ、九時からの映画、録画しようと思ったら、表示が変なんだけど」

「ちょっと待って、今行くから」

夫はリモコンを手に、画面に映った番組表に首をかしげながら途方に暮れている。私も機械詳しいわけじゃないんだけどな、と心の中で愚痴りながら、テレビと録画デッキのリモコンを手にした。

「ああこれ、テレビの番組表から録画しようとしたからおかしくなったんだわ。ビデオの番組表出して、多分ここから録画ボタン押せば、こう」

うろ覚えの記憶を探りながら、夫の望む番組を録画予約した。

「きっとこれでいいはず」

「おう、サンキュウ」

さて、と一仕事終えたついでに、相談しようと思っていたことを口に出す。

「あのね、再来週あたり、釧路《くしろ》に様子見に行ってみようと思ってるんだけど」

「ああ、いいんじゃないか?」

夫は奈津子の方を見ないまま、ぶっきらぼうな同意を示す。誰の様子を、なのかは今さら口に出すまでもなくお互い分かっている。施設に入っている奈津子の母親のことだ。

夫の軽い返事からは、興味がない、つまり自分には関係のない事項だと思っているに違いないことが感じられた。義父母が入院したり施設に入る時は、私に多大な責任と選択が押し付けられていたというのに。言葉に出すまでもないにせよ、消えることのない不満が奈津子の心に蘇《よみがえ》りかけて、下唇を嚙《か》みしめた。そんな妻の様子にも気付かず、夫は軽いそぶりでこちらを振り返る。

「釧路行くんなら、あらかじめ久美子さんに言っとけよ。蒼空を預けるつもりだったのに、ってツノ生えたら困るから」

夫は両手を側頭部に当てると両人差し指をぴんと伸ばしておどけた。小さな笑いの種にしているのは、嫁の気が強い程度のことは重大事ではない証左なのだろう。その一方で、自分が不在の時に一人で孫の面倒を見るつもりは毛頭ないらしい。あと少しで終わる台所の片付けに戻りながら、奈津子は肩の重さを感じた。

洗い物と調理器具の片付け、明日の下準備を終えてリビングに戻ると、テレビの画面では録画予約したばかりの映画が流れていた。夫はソファに寝そべりながら眺めている。

「録画してるんじゃないの？」

「うん。でも、見始めちゃったから全部見ようかなって」

怠そうな声で返事した割に、目は割と真剣に画面へと釘付《くぎづ》けになっている。家事が一段落したこともあり、奈津子も一人掛けのソファに座って画面を眺めた。

映画は自然や動物のドキュメンタリーをまとめた作品のようだった。白夜の大地に寝そべるシロクマ、熱帯の木々の間を飛び回る原色の鳥たち、そして南洋を悠々と泳ぐ海の哺乳類が、穏やかな声のナレーションと共に次々とクローズアップされていく。

「いいねえ、俺もこんなの見に行ってみたいもんだ。ホエールウォッチング」

「うん」

夫は楽しそうに画面に見入っていた。もともと旅行やアウトドアは好きな人だ。海のない札幌《さっぽろ》市内で育ったから、憧れもあるのだろう。巨大なクジラが大きな口を開けて鰯の群れに突進する様子を眺めながら、「すごいね」「うまそうに食うなあ」などと上機嫌だ。蒼空が面白がっていた動画をこの人が見たらどういう反応をするだろう、と意地悪い思いが浮かんだ。

「クジラって、臭いんだよね」

特に何も考えることなく、するりと言葉が流れ出た。さっきの動画が記憶にへばりついているせいかもしれなかった。

「臭い？」

「子どもの頃、道東の小学校にいた時があってね。ほら、うちの父さん、中学校の先生だったから転勤が多かったでしょう。で、転校した海辺の町で、家の近くに解体工場があって。いっつもその建物から独特な臭いがしてた」

「人がきれいなクジラ見てる時に、なんてこと言うの」

「ごめん」

確かに、美しいクジラやイルカの映像を堪能《たんのう》している人の前で披露する話ではなかった。やんわりした抗議の後、夫は特に気にするふうでもなく、「室蘭《むろらん》とかでホエールウォッチングツアーあるんだっけ、調べてみようかなあ」などと言っている。それ、私も行くことになるのだろうか、と奈津子がぼんやり考えていると、映画の舞台はいつの間にか海からサファリの風景へと移り変わっていた。

○

ゴメがうるさい。百羽近くいるのではないかというゴメが、海岸を群れて飛びながら、やがて一点へと集っていく。波打ち際に黒い塊が落ちている、その場所へと。

夢の中の奈津子が近寄ってみると、一歩ごとに鼻が曲がりそうな臭いが強くなっていた。腐った魚と、漬けたまま忘れていた数年前の麴漬《こうじづ》けを合わせて鼻の下に塗りつけられたような臭い。ひと呼吸ごとに肺の内側に腐臭が染みついていくようだ。

それでも夢の中の奈津子は鼻を摘《つ》ままなかった。もう六年生なんだから、子どもっぽい所作はいけない。なぜか、強くそう思い込んでいた。六年生なんだから、なんでも怖がっていてはだめ。

強くなっていく臭いに怯《ひる》まず近づいていくと、波打ち際の塊は打ち上げられたクジラだった。黒っぽい皮膚はよく見るところどころ表面が剝がれ、赤黒い肉がはみ出ている。ゴメたちはそこを集中的に突《つつ》いているようだった。

塊は歪《ゆが》んだ楕円形《だえんけい》をしていた。半分から下に、幾筋かの線が並んでいる。記憶を探るまでもなく、夢の中の奈津子は「うねだ」と独《ひと》り言《ご》ちる。

畝。ナガスクジラの下あごについている、特徴的な筋。彼らがその大きな口を開けて食事をするとき、その畝の部分が伸びてたっぷりの海水と餌を口に流し込むのだよ、そう教えてくれたのは父だったろうか、担任の先生だったろうか。思い出せないままに、得た知識だけが夢の中で像を結ぶ。

目の前にあるクジラはいびつだ。煩く鳴き続けるゴメを纏《まと》いながら、不格好に膨らんでいる。

空も海も砂も灰色で、おまけにクジラの死体までもが黒っぽい。ゴメの白い羽根と黄色い嘴《くちばし》がやたらと目に鮮やかだ。これからその嘴をクジラのはみ出た腐肉の奥深くまで突っ込んで食べるのだろうか。これだけ大きなクジラだと、彼らにとって何日分の餌になるのだろう。

ぼんやりとクジラに纏わりつくゴメを見ていると、その中心にあるクジラが動いたような気がした。膨らんだ腹の辺りが、少しだけ萎《しぼ》んで、ゆっくりと盛り上がる。

生きている?

こんなに腐って臭いのに。打ち捨てられて膨らんでいるのに。ゴメに突かれているのに。

夢の中の奈津子は急に気持ちが悪くなって、クジラに背を向けた。早歩きでその場を去る。遠ざかっているはずなのに、ゴメの声はますます大きく頭の中に響いた。

○

『間もなく、八番ホームに特急おおぞら3号が入ります。お待ちのお客様は白線の後ろに下がって……』

札幌駅の特急専用ホームは人が少なかった。自由席車両の前に並んでいる人数も二十人程度にすぎない。十月下旬の平日、午前九時前に発車する便だ。観光シーズンからも少しずれている。これなら、指定席を買わなくても良かったかもしれない、と奈津子は少し後悔した。指定席券数百円分程度、今の暮らしでは特に惜しむほどのものでもないはずだというのに、子どもを育てていた頃の節約癖が人生の幅を狭くしてしまっている。勿体《もったい》ない、と思うたび、要らない負債が心に蓄積されていくようだ。

奈津子は滑り込んできた車両に乗り込み、手元の切符に印字された番号と同じ座席を探した。車両の真ん中あたり、進行方向に向かって右手の窓側席。客はまばらで、奈津子の座席の前後左右のシートは埋まらないまま発車した。

乗り慣れた特急は札幌から南千歳《みなみちとせ》、帯広《おびひろ》を経由して終点の釧路まで約四時間半。今日のように静かな車内なら、読書にはもってこいだ。奈津子はあまり乗り物酔いをしない自分の体質に感謝しながら、バッグから本を取り出した。約二か月振りのささやかな旅路は、この時間だけが楽しみだ。

家では蒼空の世話を除いたとしても、椅子に座りっぱなしで四時間読書をする時間などまずとれない。そう思えば、距離のある釧路通いにも心愉《たの》しい要素ができたような気がする。

あるいは、それ位の楽しみを見出《みいだ》さなければならないほど、釧路行きが心の負担になっているのか。自分の心の容量が奈津子はまだ見極められない。十五年前、心不全で突然倒れた父の時は、心構えする暇もなく見送ることになった。残された母の老いと、いずれ来る死別にしっかり対面するには、自分は心の準備を整えきっていない。

今回の予定もいつものように、昼過ぎに釧路着、母が世話になっている施設を訪問して、午後七時頃の特急に飛び乗って札幌に戻る。家に着くのは日付が変わるかどうかという時間、という忙しい日帰り旅行だ。どこかに足を延ばしたり、ゆっくり外食をする時間の余裕はない。せめて、車内の読書ぐらいは楽しまなくては。

今日のお供は図書館から借りた一年前のベストセラーだ。社会学者が近現代史の構造を新たに読み解くという触れ込みで、斬新な視点と読み下しやすい文章で人気が出た新書本だ。図書館に入荷した時すぐ予約を入れて、ようやく順番が回ってきたのだった。

奈津子はホームで買っておいた温かい缶コーヒーを開け、後ろの空席に感謝して座席の背を最大限傾けた。いい小旅行になりそうな予感がした。

新札幌、北広島を過ぎ、南千歳で特急が止まると、大きなスーツケースを引いた若い女性の四人組が乗り込んできた。

本州からの観光客だろうか。聞き耳を立てるつもりもないが、旅で高揚しているらしき彼女たちは大きな声を出しながら車窓を眺めている。

「マジ広い！　外国、もうこれ外国！」

「こんな風景見たら胃がもうカニとラーメンのモードになっちゃってるんですけど」

奈津子を含めた他の乗客たちは、北海道に新鮮な感想を抱く彼女たちにひっそりと苦笑いした。

これだけなら旅行で若者がはしゃいでいるだけ、で済んだのだが、彼女たちは次第に景色に飽き、話題は誰かの噂話《うわさばなし》へと移っていった。声の大きさはそのまま、静かな車内の隅々まで響き渡る。

彼女たちより三列前のシートに座っていた奈津子は溜息をついた。せっかくの読書時間だというのに、けたたましい声が収まる気配はない。息子夫婦が敬老の日に贈ってくれた、ノイズキャンセリングとかいう機能がついたワイヤレスイヤホンを持って来れば良かった、と後悔した。もらって試してみた時にその効果には驚いたが、耳から落ちて無くしてしまいそうで、出先に携帯する習慣がなかったのだ。

南千歳から次の大きな駅、帯広で降りてはくれないかと密《ひそ》かに思い、奈津子は集中を乱されながらも我慢して字を追った。しかし、帯広駅でも彼女たちは席を立たない。このぶんだと終点の釧路まで一緒になる可能性が高い。

こんなことなら本当に自由席に乗れば良かった。指定席代を払ってわざわざ居心地の悪い状態になるだなんて、運が悪すぎる。

手の中の本は歴史分析本にしては読みやすいとはいえ、奈津子にとっては落ち着いた場所でないと充分に理解ができそうにない。スムーズに読み進められないのがもどかしく、潔く本を閉じた。釧路からの帰り、静かな車内で読めるように願う。

奈津子は冷めてしまったコーヒーの残りに口をつけ、景色を眺めた。一度霜が降りたらしき十勝《とかち》の平原はうっすら茶色に染まり、広大な野菜畑では農家が重機で馬鈴薯《ばれいしょ》を収穫している。

ふいに、混ざりたいな、と奈津子は思った。トラクターの後ろについた大きな機械、その傍《そば》に立っている、麦わらと布でできた作業用の帽子を被り、土から掘り出されたばかりの芋を確認している女性がひどく羨ましく思えた。数か月の間、汗を流しながら大事に育てた作物を収穫する。それを売り、他の食べ物を買い、子どもを育てて家庭を守る。

自分には縁のなかった生き方が、車両の窓ガラスの向こう側で営まれている。なんで自分はあっちじゃないんだろう。人生のどの時点で、何をすればあっち側の人になっていただろう。埒《らち》もない疑問を打ち消すように、背後からひと際大きな笑い声が聞こえてきた。

特急は十勝平野を抜け、山間部に入っていく。若者たちも気持ちが落ち着いたのか、口数が少なくなっていた。あと一時間もしないで釧路に到着することを知っている奈津子は、今さら本を開く気にもならず、ぼんやり外を眺めた。

やがて、葉の色を変え始めた木々の間から、ぽっかりと海が見えてくる。数キロ海岸沿いを走ると、また山の中に入り、再び海岸に出る。母に会いに釧路まで往復するようになってから、見慣れた風景だ。

海岸線を眺めて、奈津子は目を細めた。十勝までは晴れていたというのに、ここでは昼なお重苦しい海霧に覆われ、海も空もうっすら灰色だ。太平洋という広大なイメージとは大分異なる。息子が小さかった頃から毎年遊びに行っている、小樽の海水浴場に広がる明るい印象とは正反対と言ってもいい。

あの灰色の海に船を浮かべて漕《こ》ぎ出したなら、霧に呑《の》み込まれて二度と戻ってこられないのではないか、とさえ思える。そんな、底なし沼のような湿り気を思わせる海岸だった。

そうだった。こんな感じだ。

車窓の外の風景と、奈津子の記憶の中にある海の記憶が重なる。先日、蒼空が見ていたクジラの動画を見て以降、断片的に蘇る昔の記憶が、また一つ紐解《ひもと》かれていった。

○

父の転勤に伴って浜中町霧多布《はまなかちょうきりたっぷ》に引っ越したのは、昭和三十七年、奈津子が小学三年生に上がる年のことだった。

根室《ねむろ》と釧路の間ぐらいにある海辺の町、と奈津子は予《あらかじ》め聞いていたので、初めて霧多布に着いた時にも、さほど感慨はなかった。父の前任地の静内《しずない》と、あまり違いを感じなかったせいもある。

ただ、同じ大洋に面した漁師町であっても、港の臭いがまるで違った。

霧多布の春の磯風《いそかぜ》には、鼻の奥がむかつくような、生臭いような臭いが混じっていた。

「なんか、臭い」

大袈裟《おおげさ》に鼻を摘まむ奈津子に、父は苦笑いを向けた。

「クジラの血が海に混じってるせいだな。慣れるまで我慢だ」

「血の臭い」

奈津子はそれまで血の臭いというものをよく知らなかった。転んで膝を擦りむいた時に滲《にじ》む血も、ごく稀《まれ》に母が台所で指を切って目にした赤い粒も、臭いを嗅ぐ前にすぐに拭き取ってしまっていた。だから、この海辺の町に漂う、何かが腐り始める一歩手前のような臭いを嗅いで初めて、生きものの血の臭いを知ったのだ。

「仕方がないさ、春のクジラ漁が始まる頃らしいから」

教員である父の引っ越しはいつも、川の氷が弛《ゆる》む春先と決まっている。霧多布では、春から秋にかけてが地元のクジラを捕えて解体する時期なのだという。よく見ると、前浜の海水は灰色に赤い絵の具を混ぜたような色をしていた。濁っていて、透明感はない。近くにあるクジラ解体工場から流れ出た血がとろとろ流れ、海に混ざっているからだという。

血が出すぎると人は死んでしまう。奈津子がそんな事実を知ったのはいつ頃だったのか。自身はよく覚えていないが、今よりさらに幼い頃、父方の祖父の膝の上に座り、ラジオの放送を聞いていた時だったように思う。任侠《にんきょう》活劇もので、滅多刺しにされた悪者が全身を血で染めながら死んでいった場面の時、祖父が出血多量の概念を教えてくれたのだ。

「血が出すぎると、どんな強い奴も、大きな生き物も、コロっとあっけなく死んじまうのさ」

祖父はひひっと笑いながら言った。すぐ隣で祖母が「子どもにそんなこと教えて」と窘めた厳しい声と、祖父の悪戯《いたずら》めいた笑いが、やけに奈津子の記憶の中に残っている。では、前浜の海水を赤く染め、霧多布の集落中に血の臭いを漂わせているクジラというのは、どれだけ大きいものなのだろうか。

引っ越して荷物が片付いてきた日の夕方、奈津子は両親に頼んだ覚えがある。

「クジラが死んでるところ、見てみたい」

無邪気な一言だった。死んでいる生き物は窓際のハエや道端の野良犬でも視界に入れたくないと思っていた奈津子だったが、クジラという、これまで絵本でしか見たことがないような生き物がここにいるという事実が、彼女の好奇心の背を押していた。

「あたしも見てみたい」

三つ上の姉、麻子も明るく同意した一方で、父は新聞を閉じながら眼鏡の奥の瞳を嫌そうに眇《すが》めた。

「あんまり良いものじゃあないよ、死んで、これから食肉になろうというものをわざわざ見に行きたいなんて、良い趣味といえない」

「え、そう？」

割って入った母の軽い声に、父の口が僅かに歪んだのを奈津子は見た。

「私も一回、見てみたい。クジラなんて、同じ海沿いでも静内にはいなかったもの。生きてるのも死んだのも今まで見たことないし。みんなで行かない？」

「でもなあ。生き物の死体を興味本位で見に行くなんて」

そう渋る父に、母は若干眉を吊《つ》り上げた。

「それを言ったら売られてる魚も肉も同じじゃないの。あたし毎日それ切って料理してるんだから。第一、せっかくこの町に来たんだから、ここでしか見られないもの見ておいた方がいいと思う」

奈津子の記憶はぶつ切れだ。この後大人同士でどういうやり取りが交わされたのか分からないが、その後、霧多布の海岸でクジラ工場を眺めている記憶がある。乗り気だった母ではなく、どうしてか反対していた父が一緒だった。姉と自分と父の三人。家に残ったであろう母がどうしていたのか、奈津子は知らない。

灰色の空と海の境目に広がる、コンクリート製の巨大なスロープの上で、巨大な灰色の塊が引きずられていた。捕鯨船が仕留めたクジラが、ウインチで海沿いにある工場へと引き揚げられているのだ。尾の根元らしきくびれに、太い金属製のロープがひっかけてあった。クジラの長さは、乗用車三台分ぐらいだ。

奈津子は、想像していたよりも小さいな、という感想を抱いたことを覚えている。自分がこれまで本で目にしたのは図鑑か、クジラの大きさが誇張されたような絵本ばかりだったので、実際に自分の目で見るまでどれだけの大きさなのかを知らなかったのだ。

予想よりは小さいとはいえ、奈津子が九年間生きて来て見た中でもっとも大きな動物なのは間違いなかった。姉と「すごいねえ」「大きいねえ、ちゃんと死んでる？」とはしゃぎ回った。

「ねえ、お父さん」

同意を求めて傍らにいる父を見上げた。クジラの死体を見に行くことに反対していたことから、奈津子なりに気を遣っていたのかもしれない。

父は声が耳に入っていないのか、じっとクジラを見つめたままだった。ねえってば、と腕を叩《たた》いてようやく「うん、大きいな」と言葉を返してきた。だらりと下ろされた手を握っても、いつものように握り返してはくれなかった。

クジラを見つめていた父の顔からは、感情が読み取れなかった。怒っていた訳でも不機嫌だった訳でもない。ただ無表情だった。その奥で父が本当は何を考えていたのか、奈津子が訊《き》けるはずもなかった。

後から分かることだが、この時の父の反対は全く意味をなしていなかった。地元の小学校は年に一度か二度、全校生徒でクジラの解体場を見学に行くし、普段の生活でも海沿いにある工場の近くを歩いていると、扉を大きく開け放した解体場の様子は嫌でも目にすることになったのだ。

○

電子メロディーが流れた後、『間もなく、終点、釧路』というアナウンスが入り、奈津子は目を覚ました。いつのまにか微睡《まどろ》んでいたようだ。静かだ。例の学生グループはいつのまにか完全にお喋りをやめていたらしい。

釧路の街は曇り空だった。低い建物が並ぶ市街に車両が滑り込み、ほどなくして釧路駅に着いた。奈津子は他の客がほぼ全員席を立ってから、自分も腰を上げた。窓越しに、左隣のホームに茶色い塗装を施された古めかしい汽車が停《と》まっているのが見える。一両編成の小さな車両。札幌近郊では見る機会のないものだ。

こんなレトロでかわいらしい車両がまだ現役なのね、と微笑《ほほえ》ましく思いながら、奈津子はホームに降りた。

一番ホームだから、すぐ目の前に改札がある。大きなスーツケースをゴロゴロと引きずって歩いている例の学生グループは、再びお喋りしながら縦一列で改札を通るところだった。他の乗客もその後ろに並ぶが、なかなか列が進まない。先頭の学生が慌ててスーツケースの下側を覗《のぞ》き込んでいる。車輪が壊れでもしたのか、グループの他の子たちが「大丈夫？」と心配そうに取り囲んで、改札入り口を塞ぐ形になってしまった。なんてこと。早く母のもとに行かなければならないのに。せっかくの旅行で災難に遭った彼女たちへの僅かな同情と、厄介な場面に立ち会ってしまった苛立《いらだ》ちが奈津子の顔を歪ませる。

ここに並んで待っていたくはない。そんな思いと、長時間座席に座りっぱなしだった足を動かしたいのとで、奈津子はホームの左手にある階段を下りた。

短い地下通路を歩き、特急車両が停まっているホームから隣のホームへの階段を上る。古びたコンクリートを踏む、カツカツというヒールの音が耳に心地いい。普段の生活ではあまり履くことのない、外出用の靴だ。

階段を上りきると、さっき特急の窓越しに見た茶色い汽車が停まっていた。ホームの電光掲示を見ると、花咲線《はなさきせん》、根室行き。地域に根差したローカル線だ。

懐かしい。奈津子はそう思った。昔と車両こそ違うが、霧多布に住んでいた子どもの頃は、家族とこの花咲線に乗って釧路まで買い物に来ていた。

ふと振り向くと、反対側のホームにはさっきまで乗っていた特急おおぞらが停車している。窓の中では清掃の人が忙しく動き回り、さらにもう一枚の窓ごしに改札口が見えた。四人組はまだスーツケースを囲んでしゃがみ込んでいる。どうやら他の客は彼女たちの脇を通って改札を抜けたらしい。

　では自分も改札に行こうか。そう思った時、花咲線の車両から半身を出している車掌と目が合った。

「もう出ますよお。乗って下さい」

「あ、はい」

　思わず頷《うなず》いて、三歩。たったそれだけで、奈津子の体は花咲線の車内に移動していた。

違う、自分は乗るつもりではなかったのに、車掌さんが勘違いをしたから、つい。

　私はただ近くで車両を見ていただけなのだ。釧路駅で降りなければならないのに。母に、今日行くと約束してあるのに。日付が変わる前に札幌に戻って、明日は創立記念日で休校の蒼空を朝から預からなければならないのに。

　足を一歩踏み出せばホームに戻れる。予定していた通りに母を見舞い、愚痴を聞き、また釧路駅で札幌に帰る特急に乗る。そうするべきだ。そうしなければならない。頭の中で分かりきっていることだというのに、命令は奈津子の足を動かさない。そのまま、鈍い油圧の音と共にドアが閉まった。

　各駅停車の車両はゆっくりと走り始める。何をしているんだろう、私は。奈津子は思わず、閉まったドアのガラス窓に両手をついた。子どもの頃に見たはずの景色とは違う釧路の町並みが、札幌と釧路を往復していただけのここ数年では見る機会のなかった光景が、車窓の外で流れていく。

戻らなければ。次は確か釧路市内の小さな駅に停まる。本数は少ないだろうから、折り返しの便を待つよりは、出費にはなるけれど駅から出てタクシーを呼べばいい。そうすれば予定の時間からそう遅れることもなく、本来の目的通り母のもとへ行ける。頭の中でそう算段をつけていると、スピーカーから古ぼけた音のアナウンスが流れ始めた。

『……花咲線、厚岸《あつけし》経由、根室行き、ワンマン列車です。お降りの際は、整理券と運賃を、運賃箱に……』

そうだ。この車両は終点の根室まで行く。そこで、どうせ行き止まりなのだ。どこまでも行けるわけじゃない。そう気付くと、奈津子の内側で緊張していた筋肉から、ふっと強張りが抜けていくのを感じた。

奈津子はコートのポケットからスマホを取り出すと、短縮ダイヤルに登録してある母に電話をかけた。

「あ、奈津子です」

『ああどうしたの、これから会うのに。今、こっちに向かってるんでしょ？』

「ごめん、それなんだけど、今日、事情で行けなくなっちゃって。明日行くから。本当にごめん」

『ちょっと、どうしたの、急に。何があったの』

「大したことじゃないんだけど、一日ずれるだけだから。ごめんね」

『なんなの、どうしたの。奈津子、ナッちゃん。説明しなさいよ、ちょっと』

回線の向こうで母がまだ何か言っている様子を感じながらも、通話を切る。認知症の気配がある母に納得してもらえる説明を、口頭でできるとは思えない。なにせ奈津子自身、どうして予定を変えたのか、これからどうするつもりなのか、何一つ分からないのだ。

ごめんね、お母さん。奈津子は再び心の中で詫《わ》びてから、短縮ダイヤルで夫の電話番号を表示する。通話ボタンを押す直前で、画面を切り替えてメッセージを打ち込んだ。

『ごめんなさい、ちょっと事情があって帰るのが一日遅れます。申し訳ないけど、明日は蒼空を見てやって下さい』

一度送信してから、慌てて大事なことを付け加える。

『母にもんだいではありません』

焦りながら二つ目のメッセージを送り終えると、奈津子は客室への引き戸を開いて座席スペースに移動した。車両の前後に車両の壁沿いに設けられた長いシート、あとは四人ぶんのボックス席が並んでいる。昼過ぎに釧路駅を出ただけあって、学生の姿は見えず、お年寄りが間隔を空け十名ほど静かに座っていた。

奈津子は特急と同じ、進行方向に向かって右側のボックスシートに腰を落ち着けた。車両は釧路の郊外駅に到着したが、奈津子は腰を上げなかった。そのまま、夫と同じように久美子へもメッセージを送る。

『すいません、事情があって今日は帰れなくなったので、明日はお父さんが蒼空を預かることになりました。よろしくお願いします』

奈津子はふうと息を吐いた。送り終えてから、むしろ、母の都合を理由にした方が人に納得して貰《もら》いやすかったのだと気付く。しかし、自分の気まぐれに身内を使った嘘《うそ》をさらに重ねる訳にはいかない。

返事は二分もしないうちに返ってきた。夫ではない。久美子からだった。

『事情ってどういうことですか？　釧路のおばあちゃんに何かあったんですか？　JRの遅れですか？　運行情報見たら何も問題ないみたいですが』

おばあちゃんに何かあったかもしれない、という可能性を考えつつ、その返答を得るより先に、先回りしてJRの運行情報を調べたというのか。

悪気はないのだろう。それは分かるが、嫁のしたたかさが奈津子の腹の底で蟠《わだかま》る。返事を無視しようかと一瞬だけ思ったが、それはそれで、何があったのだ今どうしているのだいつ帰るのだと根掘り葉掘り問いただすような追加のメッセージが来そうなので、一言、『またこちらから連絡します』とだけ返事を送った。

すぐに手の中でスマホが震えて、久美子が何か言ってきたのかと画面を見る。予想に反して、送り主は夫だった。

蒼空の面倒を見ることに文句だろうか、と思いながらメッセージを開くと、『わかった』とだけあった。

端末に文字を打つのが遅く、自分でもあまり好きではないと言っていた夫のことだ。端的な返事は納得なのかただ突き放しているだけなのか、判断がつきづらい。再びスマホが震えた。また夫からだ。

『きをつけて　好きなだけゆっくり』

メッセージはそこで終わり、続きは送られてこない。好きなだけゆっくり、それは息抜きを許してくれたということだろうか。推しはかりきれない夫の真意は、ありがたくもむず痒《がゆ》くもある。

それでも、『ありがとう』と返事を打ち込めば、ここでひとまず報告は終わったのだ、と心が落ち着いた。

奈津子はコートのポケットにスマホをしまった。車両はとっくに釧路の街中を通り抜け、深い森林を縫うようにして走っていた。もう少ししたら海岸線沿いに出て、厚岸の駅に着く。

札幌から釧路へは母のために幾度も通ったけれども、その先にある花咲線に乗るのは子どもの頃以来だ。それでも意外に車窓からの風景は覚えているもので、聞き覚えのある駅を通り過ぎるたびに記憶が勝手に次の駅名を思い浮かべる。

どこで降りるのかは、まだ完全には心に定めていなかった。自分の人生と縁があったのは転校先の浜中町霧多布だが、改めて行く理由は自分の中にない。

明日は必ず釧路の母に会いに行くと言ってある。一泊するとしたら、駅近くに確実に宿があるのは厚岸と根室だろうか。どちらでもいい。どこに行きたいという訳でもない。ましてや日常を少しさぼりたいという明確な願望があったわけでもないのだ。

少しの罪悪感と引き換えに得た空白の時間は、目的がないだけに価値を見出しづらい。揺れる車両に合わせて自分の足下までもがたがた揺らぐ。

速さと乗り心地が売りの特急列車と違って、ローカル線の各駅停車車両は揺れが大きい。ガタンガタンと、レールの継ぎ目らしき箇所では特に揺れが大きい。文字を追うとさすがに酔いそうな気がして、奈津子は本を開く気にはなれなかった。客席も古くて硬く、座面と背もたれがほぼ直角のため、長く乗っていると腰にきそうだ。

せめて、温泉のあるところにしようか。そう思い至ると、なかなか良い考えのような気がしてきた。夫が遠出したがるのはアウトドア目的のことが多いし、息子一家が温泉旅行に出かけることはあっても、自分が誘われたことはない。最後に温泉にゆっくり浸っかったのはいつだったのかさえ、思い出せない。思わず肩に手をやって首を動かすと、隣のボックス席に座っている女性と目が合った。奈津子は急に恥ずかしくなり、小さく会釈する。

「奥さんも病院帰り？」

「あ、いえ」

「わたしね、膝痛くって根室から毎月釧路の病院通ってんのさ。去年から」

女性は奈津子と同年代ぐらいに見えた。人懐こい笑みの、その目尻に刻まれた皺《しわ》が印象的だった。

「いっくら釧路の病院しかリハビリの職員さんいないからって、通うの毎回毎回、難儀だわあ。膝痛いの治んないの。もう年だから仕方ないし、放っといてもいいんだけど、通院でもないとなかなか家から出ないべしねえ」

「それは大変ですねえ」

聞いてもいないことをまくし立てられて、些《いささ》か当惑する。奈津子は聞き役に回るしかないかと思い、女性の身の上話とも愚痴とも言えない話に付き合った。

「花咲線の本数考えたら、釧路出たついでにイオンまで買い物って訳にいかないし。駅前に丸井さんがあった時ならまだ良かったんだけど、閉まっちゃったからねえ。あ、みかん食べる？　和商《わしょう》で買ったの。はい。けっこう甘いから」

「あ、ありがとうございます。すみません」

みかんを食べながら女性の一方的な話を聞いているうちに、海沿いにある厚岸駅が過ぎ、乗客が少し入れ替わった。女性の話題はＪＲの赤字問題から花咲線廃止の話題に及び、勢いはなかなか衰えない。

「赤字も人少ないのも仕方ないけどさあ。住んでる身としたらさ、バスんなったら冬は大変だって。国道すぐ通行止めになるもの。で、奥さんはどっから来たの。どこで降りんの」

「え？」

赤字路線の話から、急に自分に水を向けられて答えに詰まる。どう言えばいいのか、自分でも未《いま》だに整理がついていないのだ。厚岸を過ぎたあたりで、なんとなく根室で降りればいいような気がしていただけだ。

「あの、札幌から釧路に用事で来たんです。施設入ってる母の見舞いで。それで、浜中に、子どもの頃、住んでいたもので。それでちょっと、根室方面へもぶらっと足を延ばしてみようかなって」

「あら浜中。わたしの従姉妹《いとこ》住んでるわあ。旦那さん亡くなって、もう米寿も超えたんだけど、浜の仕事好きで手伝っててねえ。奥さんどこ住んでたの？」

「ええと……私も浜の方です。霧多布、でしたっけ」

「あらそう、うちの従姉妹もさ、霧多布。じゃあそこ行くのね」

「ええ、まあ、そうしようかな、と」

話の勢いに押されて、行き先が不思議と狭められていく。仕方がない、と奈津子は心の中で言い訳をした。孫もいる年齢の自分が、人にどこまで行くのかと尋ねられ、決めていないのだと答えようものなら、下手をすれば徘徊者《はいかいしゃ》扱いされてしまいかねない。どうせ行き先を決めていないのなら、流れに乗って自分の故郷の一つを見に行くのも良いのかもしれない。小さく腹を括《くく》って、奈津子は小さな嘘を重ねることにした。

「ぽっかり時間ができたので、霧多布に立ち寄ってみようかと思いまして」

自分で言葉にしてみると、思いのほか道理の立った言い訳になったような気もした。

「あら、したっけ浜中でなくて一駅前で降りた方がいいよ、茶内《ちゃない》。もうすぐ着くわ。汽車に合わしてバス出てっから、それに乗ったら霧多布行くから。今だらあれだね、いい温泉の施設できたって話だから、温泉入ったらいいよ」

「温泉？」

霧多布に住んでいた頃に温泉があった覚えはない。後から掘削されたということか。

「高台にあるからね。従姉妹はほら、高齢者割引ちゅうの？　それ使ってよく行くって年賀状に書いてあったわ。いいとこみたいよ」

「そうなんですか」

女性の言う通りだとしたら、霧多布まで足を延ばしてもいいような気がしてきた。以前はなかった温泉施設があるぐらいなら、町の様子は様変わりしているだろう。昔住んでいたことに拘《こだわ》らず、観光気分で行ってみてもいいのかもしれない。

『間もなく、茶内、茶内。お降りのお客様は座席の前の方にお進みになって……』

車内放送が流れた。

「ああ、ちょうど良かった。ここで降りるといいわ」

「そうですね、ありがとうございます」

「どうもね。したらね」

軽く手を振って送り出される。本当なら今頃は施設で母の話し相手をしているはずが、乗るはずではなかった汽車でまったく知らない女性と会話し、予定になかった駅で降りる。どこか現実感を欠いている。何をしているんだろう、わたしは。今日何度目かの問いを自分に投げかけて、奈津子は昇降口へと足を進めた。

ワンマン列車の支払い方がよく分からなかったが、特急を降りて釧路から乗ったことを車掌に説明し、札幌発の切符を見せ、言われるままにここまでの運賃を支払った。運賃と乗客者数を照らし合わせると、さっき女性が言っていた赤字問題が妙に真に迫る。札幌に長く住んでいる身では、過疎によって地域が先細るということへの実感を得にくい。同じ北海道であってもだ。

茶内駅は花咲線の他の多くの駅と同様、無人駅だった。こぢんまりとした木造の駅舎はそこそこ古びているが、さすがに奈津子が子どもの頃から建っていたのと同じ建物ではないだろう。

汽車から降りた乗客は奈津子の他に、男子高校生が一人と老人が一人。老人は駅前の歩道をゆっくり歩いていき、高校生のほうは迷いなく駅舎を出て、目の前に停車していたバスにさっと乗り込んだ。車体の側面に「霧多布」という表示があり、これがさっきの女性が言っていたバスなのだな、と思って奈津子も乗り込む。一応、運転手に聞いてみることにした。

「このバス、霧多布の温泉まで行きます？」

「ええ、終点で停まるとこですよ。そこで降りたら目の前に町営の施設があります」

運転手はハンドルに片手をかけたまま答えてくれた。発車の時間までまだ余裕があるのか、ドアは閉まらない。

「ついでですいません、その近くに、宿とか、あります？」

「温泉の周りにはないかなあ。温泉は高台にあるんで、その下にある市街地まで降りたら民宿とか旅館はありますよ。確かコンビニの近くにもあったかな。バスだと便数少ないし、温泉からその辺りまでなら二、三キロぐらいだから、嫌でないなら歩いた方が早いかもしれないですね」

「そうですか、ありがとうございます」

奈津子は丁寧に礼を言って、車両の中ほどにある座席に座った。それから一、二分経《た》ってドアが閉まり、バスは発車する。見覚えのない集落の間を縫って、すぐに農地を貫く道へ出た。

のんびりした農地からすぐに海沿いに出るのかと奈津子は思っていたが、想像に反してバスは深い森に入っていった。紅葉が始まっている。札幌よりも秋の進みが早いのだろうか、と思っていると、急なカーブで体が傾《かし》いだ。坂道も多い。どうやら、内陸側から海沿いへ出るには傾斜のある森林地帯を通るようだ。

かくんと揺れる体につられたように、奈津子の記憶の引き出しに隙間が空く。そういえば、霧多布に住んでいた頃、同級生が馬車から落ちた肉を拾いに行くという話を聞いたことがある。

○

あれは確か、霧多布の小学校に転校して間もなくの頃だ。

「なあ、今週から地場のクジラ出荷するって言ってたから、そろそろだ。琵琶瀬《びわせ》の道の角に肉拾いに行くべ！」

「おう、行くべ行くべ！」

「うちの母ちゃんも漁始まったら行って来いって言ってた。いっぱい拾って来んぞ！」

放課後、クラスのガキ大将格の男子達が興奮気味に話していた。どこの学校でもこういう元気な男子はいるものだが、肉を拾う、という聞き慣れない言葉が気になった。

「ねえ、ヨッちゃん。肉を拾うって、どういうこと？」

奈津子は隣の席に座っている女の子に尋ねた。転校してきて以来、何かと世話を焼いてくれている子だ。ヨッちゃん、という呼び名と、長いおさげ髪しか奈津子は覚えていない。

「ああ、ナッちゃん、霧多布の春は初めてだもんね。春はね、地元のクジラ漁が始まるの」

「うん」

霧多布でクジラ漁が盛んなことは聞いているし、実際に母と姉とで見に行った。だがそのクジラ肉を拾うという意味が分からない。

「工場で肉にしたクジラはね、冬に沼から切り出しておいた氷と一緒に馬車に乗っけて浜中駅まで運ぶんだけど、山のように載っけるから、道が荒かったり曲りのきついとこで肉が落っこちることがあるのさ」

「それ拾うの？　黙って？　泥棒じゃない？」

奈津子は顔を顰《しか》めた。商売で運ばれていく肉を、落ちたからと言ってネコババのように持っていくだなんて、もし奈津子や姉が同じことをやったら、父が鬼のように怒りそうな気がした。

「違うよ、泥棒じゃなくて。本当に泥棒だったら、運んでる人が怒って取り返しに来るはずでしょ？　怒んないんだよ、わざと落としてるみたいなもんだから」

「わざと？」

「うん、知り合いの人がいるとこでわざと落としてあげたり、あとは、落ちるのを待ち構えてる人がいたら、そこでわざと馬車ぎゅっと曲げて、肉落としていってくれる人もいるらしいよ」

への字に曲げていた口を、奈津子はぽかんと開けた。理解が追い付かない。商売の品を、そんな、勝手に人にあげてしまっていいのだろうか。

「なんで？　だって、売る予定の肉、勝手にあげちゃったら入るお金減っちゃうじゃない。肉運んでる人、怒られちゃうんじゃない？」

「よく分かんないけど、いいんじゃない？　そうやって落とすのはあんまり高い種類の肉じゃないって聞いたことあるし、それに、クジラってでっかいから、ちょっとぐらい人にあげても大して減らないらしいよ」

そんなことがあるのだろうか。奈津子はヨッちゃんから説明をしてもらっても半信半疑で、家に帰って父に同じことを聞いてみようと思った。

奇《く》しくも、その日の夕食は、母が満面の笑みで「今日はご馳走《ちそう》よ、クジラの肉、分けてもらったから」と生肉が載った皿を食卓に並べたのだった。

奈津子の顔が思わず引《ひ》き攣《つ》った。まさか、母も落ちたクジラの肉を拾いに行ったのだろうか。

「あの。肉、洗った？　砂とか、ついてない？」

「ううん、竹皮に包まれてたし、きれいだったから、洗わないまま切ったよ」

皿の上にきれいに盛りつけられているのは、赤身に美しいサシが入った霜降り肉だった。クジラ肉と言われなければ、年に数度しかお目にかかれないすき焼き用の牛肉にしか見えなかった。

「これ、こんなにきれいなやつ、落とされてたの？」

奈津子は恐る恐る並んだ肉を指した。

「落とされた肉？　奈津子、お前何言ってるんだ」

怪訝《けげん》そうな両親と姉に、奈津子は恐る恐る、今日ガキ大将が騒いでいたことと、ヨッちゃんから聞いた話をした。

姉はぎょっとして皿の肉を見、両親は「これは違うよ」と苦笑いした。食卓に並べられた肉は、校長がクジラ解体工場の場長からもらった肉を分けてくれたものだという。

「ナガスクジラの尾の身だと。最高級品だぞ。奈津子が聞いた、落としていく肉ってのは、汽車で関西に送られるっていう加工用の肉だろう。もちろん良いクジラ肉ではあるだろうが、そこは地元民に気兼ねなくお裾分けできる種類のものなんだと思うよ」

「お裾分け、ねえ」

母が神妙な顔をして、海に面した方向の窓を見た。

「確かに、少しはお裾分けして地元の人に還元してもらわないと、この臭いには我慢できそうにないもんねえ」

母が大袈裟に鼻をつまむので、姉の麻子と奈津子も同じように鼻をつまむ。父が小さく「こらっ」と窘めた。

「地域の産業なんだから、他所《よそ》から来た我々がどうこう言うものでないよ。お前たちも、学校で余計なことを言わないようにな」

「はい」

「はーい」

二人は声を合わせて返事をした。父はけっして厳しいだけの人ではないが、自分たちは教師の娘なのだから、他の子よりも良い子でいなければならない。麻子と奈津子の姉妹は、示し合わせたわけでもないのにそう思い込んでいるところがあった。

○

バスは紅葉が進んだ林に囲まれた道を進んでいく。紅葉といっても、ナラやカシワが多いのか葉の色は茶色っぽいものが多い。それでも、いつのまにか晴れ渡った青い空とのコントラストはなかなか奇麗で、奈津子は飽きることなく窓の外を眺めた。

カーブのため窓から見える角度が変わると、木々の間からいきなり風力発電の巨大な風車が見えてはまた林の中に隠れていく。もちろん、奈津子が住んでいた頃にはなかったものだ。

奈津子は心の中で簡単な計算をしてみる。自分は昭和二十八年生まれ。霧多布に転校してきたのは小学三年生、中学に上がる直前に釧路に引っ越したと記憶しているから、霧多布にいたのはもう五十五年も前の話になるのだ。

そりゃ知らないうちに温泉も掘るし、風車もできるわ。

心の中で奈津子は笑った。そうだ、自分の記憶は所々霞《かすみ》がかかりながらも、印象的な出来事ばかりを覚えていて、意外と景色というのはぽろぽろ抜けている。その景色もまた、時とともに移り変わって当たり前なのだ。ましてや、去っていった者の感傷など関係あるはずもない。

どうせ、五十年以上も前に住んでいたところなんて、ほとんど縁の切れてしまった場所だ。ならば、ちょっとした一泊二日のサボタージュとして小旅行を楽しんでみようか。

一度そう考えを切り替えてしまうと、母を待たせていること、予定通りに札幌に帰らないことへの後ろめたさが、『普段そこそこ頑張っているのだから』という免罪符へと変わっていくような気がする。幸い、窓から見える天気は晴天だ。発電用風車は白い三本の羽根を絶え間なく回し、のんびりとした時を象徴しているようにも見える。

偶然巡り合った天候と風景に行動を後押しされたような気がして、奈津子は背もたれに任せた体の力を抜いた。

バスは林を抜け、海岸に面した広い湿原へ出た。枯れ始めた広い芦原《あしはら》と青空、道の行く先には海が見える。ああ、そうだった、海だけじゃなくて広い湿原もある地域だった、と奈津子は思い出した。

『子ども達だけで谷地《やち》に入ったら駄目だよ』

父にそう言われたことを思い出す。そう、地元の人は湿原を谷地と呼んでいた。見た目は原っぱのようで、季節によってはワタスゲなんかも生えているため、子ども達には魅力的な遊び場に見えたものだ。しかし、一歩足を踏み入れればぬかるんだ地面で靴を汚すだけでは済まないと父にきつく注意された。湿原の中には、大人の背丈よりも深い穴が開いていて、もしもその穴に落ちたら溺れ死んでしまい、絶対に見つけてもらえないのだそうだ。

冷たい水と泥の中にすっぽり埋まって帰ってこれない。その想像は幼い頃の奈津子を怯《おび》えさせるに充分で、湿原には決して近寄るまいと誓った。

そういえば、と奈津子は湿原を眺めながら思った。息子と孫育ての経験を経てから自分の幼少期を思い出すと、随分怖がりな子だったように思う。

他の子ども達が喜ぶような怖い話やおばけは大嫌いだったし、ラジオや新聞で報道される、人が死傷する事件事故のニュースを耳にしても過剰に怖がっていた。

もし自分や家族や友だちに何かが起きたら。もう二度と会えなくなってしまったら。想像するだけで眠れず、そのたびに姉に頼み込んで布団に潜り込ませてもらっていた。息子や蒼空にそんな傾向はない。性別のせいもあるのだろうか。

いや違うかな、と奈津子は目を細めた。父の注意の仕方が、昔からいちいち厳しかったことが原因のひとつにあるのではないか。湿地の件のみならず、生活上の多くのことについて、父の忠告は具体例を伴って厳しいものだった。そんなに怖がらせなくてもいいじゃない、とたまに母が口を挟んだほどだ。父のその厳しい忠告の数々のせいで、自分は厄災を極端に恐れる子に育ったのではないか。そう考えると実に腑《ふ》に落ちる。

その一方で、子どころか孫まで持つ身になった今、娘の安全を期していたであろう父の心持ちもよく分かるのだ。転勤で環境が変われば、その地に合わせて注意も多くなったことだろう。

第一、私はそうやって怖がりに育ったからこそ、今まで五体満足、無事に生きのびられたのかもしれないんだし。奈津子はひとつ頷くと、人生の帳尻というのは程ほど合うようにできているのかもしれないな、と思った。

バスの風圧に驚いてか、道路脇の芦から小鳥が飛び立つ。小さな鳥ならば地面の深い穴に呑みこまれてしまうことはないだろう。奈津子はふっと溜息とも笑いともつかない息を吐いた。

バスが進むにつれて、海岸線が近づき、民家も増えてくる。人気《ひとけ》のない住宅街、小さな商店、干されている漁具。晴れ間の見える空ではゴメが数羽、穏やかに弧を描いて飛んでいる。

静かな漁師町だった。侘《わび》しいのとは何かが違う。小さな集落なりに、過不足なく完結している。そういう印象を受けた。そして同時に、奈津子は自分がひどく場違いな旅行者のような気がしてきた。

バスは大きな橋を渡った。もちろん奈津子が生活していた頃からは架け替えられているが、景色は何となく覚えている。霧多布は海に突き出た半島状の地形に役場や商店など、集落の中心部がある。地形が大きく変わらない以上、そこは昔と同じようだった。

バスは役場前で奈津子以外全ての乗客を降ろした後、半島の中心部にある高台を登っていく。坂の脇に、この場所の海抜と避難経路である旨を記した看板が立てられていた。そうだ、この町は大きな津波に襲われたことがあったのだ、と奈津子はふいに思い出した。奈津子が産まれた頃に発生したという十勝沖地震からの津波と、霧多布に引っ越すつい数年前にあったというチリ沖地震の津波。特に、奈津子たち一家が転入してきた時にはまだチリ沖津波の被害が多く残っていた。家族や家屋を失って町を出た人や、親戚の元に身を寄せていた人々も多かったと聞く。地震があったらとにかく高台に駆け上るように、とも言われていた。

浜中町が東日本大震災の津波で被害を受けたかどうかまでは奈津子は知らない。ただ、子どもの頃に聞いた津波の恐ろしさと併せ、海の傍で生きることの困難を思わずにはいられなかった。

バスが高台に登ると、程なくしてコンクリートの建物が見えてきた。ここが花咲線で女性が言っていた温泉施設らしい。バスが停まり、奈津子は運転手に礼を言って降車する。風呂上りなのか、肩にバスタオルをかけた老人が入れ替わりに乗り込んでいった。

奈津子がついでにバス停の運行予定表を見てみると、確かにこの温泉発のバスはこれで最後だ。運転手の言葉と、町中からの距離を思い出して、まあ、歩いていけるだろう、湯上りの散歩には丁度いいかもしれない、と考えた。

施設は典型的な地方の公共温泉、という風情だった。秘湯名湯の風情こそないものの、建物は新しくて清潔だ。これなら大浴場も期待できるだろう。レンタルのバスタオルとフェイスタオルを手にすると、それなりに気分が高揚した。

受付のカウンターに観光案内の小さなパンフレットがあったので、一冊もらう。ロビーに腰かけて目を通すと、運転手に言われた通り、市街地に民宿が数軒あるのが分かった。

どの宿も大きな差はないように見えたので、最初の宿にスマホで電話すると、少し間が空いてから元気な女性の応答があった。予約なしでも素泊まりなら大丈夫とのことなので、ありがたく今夜の宿を頼んでおく。観光シーズンから少し外れていて助かったな、と思いながら、奈津子は今夜眠る場所が確保できたことに安堵した。眠る場所が決まって安心する、なんて旅の経験はいつぶりなのか。もう思い出せもしなかった。

大浴場は、平日の夕方だから空《す》いているだろう、という予測は外れ、ロビーでも脱衣所の椅子でも、常連らしき客が十人ほど、思い思いにくつろいでいる。

外から来た観光客という立場に少し緊張を覚えたが、何も地元限定の湯という訳でもない。奈津子は開き直って大浴場に入った。温かい湯気が体を包み、ほっと体の強張りが抜ける。

高台に建っているだけあって、大きな窓からは霧多布の市街を見渡すことができた。

客は他に四名ほどいるが、気にならないほど広々している。体を洗って浴槽に身を浸すと、全身の緊張が弛んで長い溜息が出た。

たっぷりとした透明な湯はさらりとして、ゆっくりと体の芯がほぐれていく。気持ちが良かった。家のこと、母のこと、予定外の場所に来てしまったこと、全てがどうでも良くなって体の力が抜ける。

適度に体が温まったところで、奈津子は露天風呂へ出てみることにした。外へと通じる扉を押すと、窓ガラスに遮られない景色が広がっている。誰もいない。貸し切り状態だ、という単純な喜びに胸が躍った。十月下旬の海風は濡《ぬ》れた肌に思いのほか冷たく、足下に気を付けながら岩でできた浴槽に背をもたせて、再び景色を見た。

眼下に広がる海は灰色の水面を所々白く波立たせて、港や、砂浜や、岩場に寄せては返していく。クジラの血が混ざったような、あの特有の赤黒さはない。

視線を上げると、青い空が広がっていた。雲が消え、青空にわずかに夕暮れの気配が混ざる。遠くで鳴いているゴメの声が風に乗って聞こえてきた。

子どもの頃にも見た空なのだという感傷までは湧かないまでも、温かく体を包む湯と併せて、どこか己が受け入れられた気分になる。

奈津子は露天風呂に他の客がいないのをいいことに、大きな欠伸《あくび》をした。頭と身体《からだ》が弛んだせいか、眠気がする。子どもの頃、湯船でうとうとしていると、危ないからと父によく叱られたっけ。

今は風呂で、しかも公共の温泉で眠そうにしたからといって、叱る者はもういない。それは自由なのか、それとも寂しさを意味するのか、奈津子には分からなかった。


奈津子はぼうっとしたまま二十分たっぷり露天風呂に浸かり、半ばのぼせながら脱衣所に戻った。時間をかけて洗い髪を乾かしロビーに出ると、ふとカレーの匂いがした。体が空腹を訴える。そういえば、今日は昼食をとっていない。花咲線で女性にもらったみかん一個を口にしただけだ。

いつもなら釧路駅に着いたら売店か駅前のコンビニでおにぎりを買い、母が入所している施設に向かうバスの中で齧《かじ》るのが常だった。今日は予定外の移動続きで、空腹を感じる神経も麻痺《まひ》していたようだ。

ロビーに続く小さな食堂に営業中の札がかかっていたので、奈津子は中に入った。宿は素泊まりの予定だから、早めの夕食にするつもりだった。

食券販売機の前に置いてあるメニュー表を見ると、地元海産物を使っているらしい定食に『おすすめ！』というシールが貼られている。しかし、奈津子の胃はさっき匂いを嗅いでしまったせいですっかりカレーの気分になっている。少し迷って、せっかくだから地元のものを食べようとホッキカレーを選んだ。

運ばれてきたホッキカレーは福神漬けが添えられ、小さな皿に盛られたサラダがついている。人に作ってもらったカレーを食べるのはいつ振りだろう、と思いながら口に運んだ。

慣れ親しんだカレーの味わいの奥から、ホッキ特有の甘みと旨味《うまみ》がじわじわと舌に染み入ってくる。美味しかった。そして、懐かしかった。霧多布をはじめ、海沿いに引っ越した際は母がよく作ってくれた味だった。

奈津子はサラダに口をつけることもなく無心でカレーを口に運び、食べ終えてからコップの水を立て続けに二杯飲んだ。腹と心が満たされている。皿を下げに来た若い女性に「美味しかったです」と言うと、「お口に合ってよかったです」とにこやかに返された。

夢中で食べていたところを見られていただろうか。そう思い、気恥ずかしさを振り払うように「久しぶりに霧多布に来たものだから。懐かしい味でした」と愛想よく笑った。

「そうでしたか。お客さんもこちらにラッコ見に来たんですか？」

「ラッコ？」

思いがけない単語に奈津子の思考が止まった。子どもの頃、クジラはいたがラッコは聞いたことがない。女性は微笑んで続けた。

「ここ数年、この場所から近い湯沸岬《とうふつみさき》でラッコが見られるようになったんですよ。なんか、家族で定住してるみたいで。それを見に来る観光客の方が増えてるんです」

「へえ、そうなんですか」

なるほど、と奈津子は納得した。歳月が経てば町は変わり、人間も変わり、さらに生態系もまた変わっていく。そのラッコのお陰で観光オフシーズンでも民宿が営業していたのかな、とも思った。

「私も休みの日に一回見ただけですけど、めんこいもんですよ、ぷかぷか浮いて」

女性は仕事の手を止めて、嬉《うれ》しそうに説明している。話の流れで、奈津子も軽く聞いてみる気になった。

「じゃあ、この辺って今、クジラはいます？」

「クジラ？」

女性は一瞬首を軽く傾げると、ああ、と頷いた。

「そうですね、漁師さんはイルカとかクジラ、時々見るって言いますけど、陸《おか》からは見えることとないですね」

「そうですか」

「おじいちゃん、私の祖父も、昔はクジラの解体場あったたって言ってますけど、もうほとんど跡形もないから、身近でもないですね」

女性は軽く周囲を見回し、他の客が座っているテーブルから距離があるのを確認すると、少し声を潜めて続けた。

「それに今はほら、捕鯨とかは色々言う人も出てくるんで。浜中町では調査捕鯨もしていないから、観光とか目玉にしようっていう話にもなんないですね」

「ですか」

女性は苦笑いし、奈津子も同意した。今も道内では調査捕鯨に伴う形でクジラの肉が流通しているが、大々的な産業だった昔とは比べるべくもない。

ましてや、捕鯨に関して国際的に色々な意見がある現代では、廃れてしまった産業をわざわざ観光の柱にすることもないだろう。ラッコのように岸から眺めることができないのなら、なおさらだ。

そういえば、バスで町中を通った時も、露天風呂で外に出た時も、クジラの血特有の臭いはしなかった。もうこの町にクジラの名残はない。あれだけ大きな解体工場を備え、町中が沸き立っていたのは遠い過去のことなのだ。

きっと家庭でも昔のようにクジラを食べているところはもうないのだろう。そう考えると、ホッキが以前と変わらず捕れているというのは、幸福なことなのかもしれない。そう思いながら、奈津子は女性が注ぎ足してくれた三杯目の水を飲み干した。

腹が満たされ水分補給も充分、体の芯も温泉で温《ぬく》もったまま、奈津子は温泉施設を出て高台から市街地への坂道を下っていった。太陽はもう沈み、薄暗くなりかけている。温泉施設からラッコが見られる湯沸岬までは近いが、さすがに日暮れに寄り道する気にはなれなかった。湯沸岬は遠足で一度行ったことがある。けっこうな断崖が連なったところにぽつんと灯台が建っているだけの岬で、秋の夜に女一人であんなところに行けば、自殺願望者にでも見られかねない。

スマホの地図アプリで確認しながら歩くと、予約した宿はすぐに分かった。近くにちょうどコンビニエンスストアがあったので、干しタラのパックと缶ビールを一缶買う。コンビニで自分一人ぶんの晩酌を調達するだなんて、久しぶりだ。そう思うと少し楽しくなって、ビールはエビスにしてしまった。

到着した民宿は、大きな民家を改装したような作りだった。奈津子より一回り年下らしき女将《おかみ》が出迎えて、予約の確認、宿帳の記入を終えると、すぐに部屋に通してくれた。大きなバッグも持たずに訪れた年配のお一人様女性に、余計なことを聞かずにいてくれるのはありがたい。通された六畳の和室で、奈津子は敷かれていた布団へと早々に寝転がった。

時間はまだ夜七時過ぎだ。夕食は済ませたし温泉にも入った。浴衣にも着替えたことだし、あとは買ってきたビールを舐《な》めながら本を読んでいれば眠気がくるだろう。奈津子は行儀悪く布団の上に寝転がり、特急で読めなかった本の頁《ページ》を繰った。

○

「……別にいいんだけどね、蒼空でも」

溜息と共に吐き出された声は、間違いなく自分の声だ。奈津子は確かにそう言った記憶がある。確か、半年ほど前のことだ。

札幌市内に住んでいる中学校以来の友人、亮子とお茶を飲みながらお喋りに興じていた時のことだ。同じような年代で結婚と子育て、さらには孫育てまで経験した同性の友人というのは、時に家族よりも共感を深められる。あの時の奈津子の口は、普段表に出さない愚痴を滑らかに吐き出した。

「でも、やっぱり夫が出していた十個ほどの案とは、かすりもしないのよねえ。預けられて名前呼ぶたびに、頭の隅でそのこと思い出しちゃって」

百貨店の中に入っているティールームで、香りよい紅茶を飲みながら奈津子は眉間に皺を寄せた。向かいに座る亮子が、まあねえ、と頷く。

「旦那さんの家は代々同じ字を使うようにしてたんだっけ？　そのことお嫁さんには言わなかったの？」

「ちょっと話題には出したけど、全然気にしないで若夫婦だけで決めちゃったのよ。それ以上口出したらお嫁さんに嫌がられるだろうと思って、何も言えなかったの」

「今の人はご先祖とか伝統とかあまり気にしないみたいだし、しょうがないね。でも、いい名前じゃないの、蒼空くん」

今度は奈津子がまあねえ、と頷く。別に初孫の名付けに今さら文句がある訳ではない。ただちょっと愚痴りたいだけなのだ。亮子もそこのところは分かっているのか、強い肯定も否定もせずに聞いてくれている。亮子はむっちり太い指でスコーンを千切り、まるい頰でにこにこと笑う。奈津子はこの友人の笑顔にいつも助けられてきた。

亮子はスコーンにたっぷりとクリームを塗りながら「まあ、奈津さんの言う事もよく分かるけど、でも」と口を開いた。

「今は若い人の価値観にすぐ合わせるようにしておかないと、昭和の老害って言われちゃうみたいよ」

「昭和の老害」

昭和、は産まれた年号に過ぎないが、老害、という言葉の響きは耳ざわりが悪い。老いて、害する。奈津子は自分にとって老いた人間の代表である母のことを思い浮かべた。軽い認知症を抱えつつ、施設でそれなりに穏やかに暮らしているはずだが、職員の手を借りながら生きていることも、見方によっては煩わしいと、あるいは害だと言われるのだろうか。そしていずれは自分も。

「ああ、たまに人が淹《い》れてくれたお茶を飲んで、甘いもの食べながらお喋りするのはいいね。あと地下降りて帰ろうか」

ティーカップを傾け、一息ついて亮子は微笑む。人の話を受け入れ、柔らかく意見を差し挟み、考えを一歩進ませる。話して良かったと思わせてくれる自分にない懐の深さを、奈津子は密かに羨み続けていた。

地下の食品売り場で一通りの買い物を済ませ、このまま地下鉄駅に向かって帰ろうかという時、奈津子はふと断りを入れた。

「ごめん、一回外出て、丸善寄って行っていい？」

新聞の書評で見かけ、買おうと思っている本があったのだ。若い人が書いた文学賞受賞作で、女性主人公が抱く恋心の繊細な描写が見事だという。

「奈津さん、昔から本好きだったもんね。年取ってからそんなに本読んで、どうするの？」

何年前からなのか思い出せないが、奈津子が本の話題を出すたびに亮子はこうしてからかう。悪意がないのはいつもの通りよく分かっているが、この時の奈津子はそのまま聞き流せなかった。

「孫にも言われたわ。最近、そういうようなこと」

息子夫婦は揃《そろ》って休日出勤、夫は仲間とパークゴルフに出かけ、奈津子は朝から一人で蒼空を預かっていた前の日曜日のことだ。

午前中は蒼空が望むままに公園に連れて行って遊ばせ、全力で遊んだ孫は疲れたのか昼食の後はソファで眠り込んだ。

ようやく自分の時間がとれた、と奈津子はダイニングテーブルで読みかけの本を開いた。書店に注文して引き取って来たばかりのワイルド・スワン下巻。刊行された頃は子育てに忙しくて手を出せず、いつか読みたいと思っていた作品だ。上巻は長い時間をかけて読み終えた。

生きた時代も場所も自分とは異なる女性たち。それでも共感できる部分に感じ入っては、頁を繰る手を止めて同じところを読み返していた。

「おばあちゃん、どうして本読むの？」

内容に集中し始めた時、蒼空から声をかけられて奈津子はびくりと顔を上げた。半分瞼《まぶた》を閉じたままの蒼空が、体にかかっていたタオルケットを引きずりながら台所に入ってくる。もっとゆっくり寝ていてくれててもいいのに、と思わずにいられない。

「もう起きたの。本読むのは、そうだねえ」

かける声に棘《とげ》が混ざらないように気を遣った。

「そりゃ、色んなこと知れるからね。そうしたら、生きていく役に立つし」

「もうおばあちゃんなのに？」

蒼空は純粋な表情をしていた。まるで、どうして空は青いのか、どうして虫はすぐ死ぬのか、そういった疑問と同列に、真っすぐ奈津子の柔らかいところを突いてきた。自分の残り時間が何年なのか、常に考えてしまう柔らかくて弱い部分をだ。

孫に何と言葉を返したのかは覚えていない。子ども特有の悪意のない、ただ純粋な感性から放たれた言葉なのは分かっている。それでも、奈津子はあの時読んでいたワイルド・スワンを読み終えることができず、本棚の隅で埃《ほこり》をかぶらせている。

「子どもって時々残酷なぐらい本当のこと言うものねえ」

書店へと向かう道すがら、話を聞いた亮子は困ったように笑った。

「あ、ごめん、悪い意味で言ってるんでなくてさ。この年になるとさ、なんか、日めくりカレンダーに書いてあるような『一日一善が魂を美しくする』『悪人こそ最良の師』みたいな、人生をより良くする言葉っていうの？　そういうの、もう、役に立たない気がして」

慌てたように付け加える亮子に、奈津子も「わかるよ」と頷く。亮子は奈津子から視線を外し、前を見た。心なしか、歩幅が小さくなる。

「役に立たないっていうのも違うか。なんか、自分をより高みに持っていく努力をするよりかさ、残りの人生楽しんだ方がいいかなって思っちゃって。例えば、目の前にある美味しそうなケーキを一個食べなかったら寿命が一か月長くなるって言われても、だから何？　って食べちゃう、そんな感じ」

安直な言い方に見えるが、そこには亮子なりに真っ当な道理がある。亮子は胸の前で手を合わせながら言った。

「ごめん、あくまであたしの場合ね。だから、奈津さん凄いなって思ってるの。自分はそうはできないって意味で」

「うん」

うまく説明できる気がしなかったので、奈津子は曖昧に頷いた。自分が本を読む理由は、知識欲とか、教養を高めたいからだけではない。

これまでの人生で積み木のように重ねられてきた意識の中に、何か、決定的な隙間があるような気がするのだ。欠落といってもいい。

奈津子はこれまで、おおむね望ましい生き方ができていたと思っている。自由恋愛の果てに家庭と子を持ち、今は孫にも恵まれた。趣味も友もある。もちろん、何もかも望む通りにとはいかないが、大きな不幸や病気もなく、ささやかな幸せを積み重ねてきた。なのに、ぽっかりと空いた空洞が、奈津子を怖がらせるのだ。何か、とても恐ろしいことがあってその空洞はできたのに、なぜそれが起こったのか、思い出せない。そんな恐ろしさと気持ち悪さを自覚すると、首筋を冷たい手で触られたような気になる。

奈津子の日々の生活は、ほとんど揺るぎない。夫と生活し息子一家を支えるだけで、何も大きな変化など起きない。ならば、自分の中に取り入れる情報を増やすしか、その空洞を埋める手段が見つからないではないか。奈津子はそう思って、穴を文字で埋めるかのように本を読み続けてきた。加齢が進み、老眼が年々厳しくなる中で、あれこれ読みたいという願望だけが貪欲に膨れている。

書店に向かう道すがら、話題を変えて今年の灯油代について話している亮子に曖昧な相槌《あいづち》を打ちながら、奈津子は前日の晩に夫が話していたことを思い出していた。テレビで自分たちと同じ年代の俳優が再婚したというニュースを眺めている時だった。

「最近聞くじゃないか。老いらくの恋とか、みっともねえよなあ」

へっ、と日本酒臭い息を吐きだして、夫は少し意地悪そうに笑った。奈津子は「そうだね」と相槌を打って最低限の同意を示す。

別に、夫の意見に異論がある訳ではない。自分は今さら恋愛沙汰に興味も持てず、物語で主人公の色恋が差しはさまれても何の共感もできないかもしれない。夫にしても、それこそこの年になって他所に若い女を作られるよりは、適当に枯れ切った夫婦関係のまま人生が完結しつつある現状がどれだけありがたいことか。

「みっともねえ」

夫の声がやけに心に張り付いている。その通りなのに、脳裏で繰り返される声を不快に思う。何が悪いの。年を取って、恋愛でなくとも新しい何かをすることに、あるいは手にしていたものを取り戻そうとすることに、どうして呵責《かしやく》を持てというの。

奈津子は結局その日、目当ての本を買わなかった。書店に入って目の前の本棚に並んでいるその本を素通りし、代わりに来年の手帳を手に取った。毎年同じメーカー、同じデザインの紺色をしたビニール表紙の手帳だ。

孫を預かる予定。夫の外出に付き合う予定。釧路の母を見舞いに行く予定。書き込むであろう内容は、たぶん、今年と大きく変わらないだろう。手にしてすぐに奈津子は手帳をもとの場所に戻し、色違いのデザインに手を伸ばした。黄、青、緑などの表紙が並ぶ中から、鮮やかな赤の一冊を取り、会計を済ませた。

たとえ外側一枚だけであっても、新しいものに変えてもいいではないか。たとえ書き込む中身に違いはなくても、生活の何もかもが変わりばえせず、ぽっかりと空いた空洞が埋まらないままなのだとしても。

○

ビールをちびりちびりと飲みながらの読書は、頭の容量の四分の三を本の内容に、残り四分の一で自分の過去を省みながらなのでなかなか進めることができない。缶の残りが少なくなったところで、一気に飲み干して電気を消した。

望み通りに本を読めた訳ではないが、予定外にできた時間にこうして一人、ほんのり酔って床に就くのも悪くはない。

電気を消すと、部屋の静寂がいや増した。家にいる時はベッドに入ると二階の生活音がどうしても耳に入るのだった。それと比べれば、この宿はほぼ無音といっていい。

宿は霧多布の中心近くにあるため、海岸からは少し距離がある。浜の秋は風が冷たいから、二重窓も両方きっちり閉めてあった。だから波の音は聞こえないはずなのに、海の近くにいるのだという事実だけで奈津子の耳は波の音を再生する。霧多布、そして続いて釧路に引っ越した後は、海の近くで暮らすという経験はなかった。

『死んだクジラが浜に打ち上げられていたら、近づいてはいけないよ。大きくて、まんまるに膨らんでしまったクジラは危ないんだ。死んで、お腹《なか》の中が腐ってガスでぱんぱんに膨らんでいるから、爆発したら、大変だ』

柔らかい敷布団と枕に吸い込まれて行きそうな意識の中で、誰かの声がする。男の人の声だ。きっと父だ。生前の父が、神妙な顔をして注意しているのだ。いつものように。きっとそうだ。

ええ、分かっていますとも。クジラが破裂したら、肉と血が飛び散って、あたり一面が真っ赤でべちゃべちゃ、ひどいことになる。

それを見た子はみんな泣き叫ぶ。驚いて、悲しくて、大人たちもどうすることもできやしない。

消防団の人が来て、警察の人が来て、みんな大騒ぎになって。そして、取り返しがつかない。絶対に、元には戻らないのだ。

奈津子は入眠する一歩手前の混濁した意識の中で、真っ赤に染まって泣き叫ぶ女の子の姿を見る。可哀想《かわいそう》に。あんなにクジラの血を浴びて。驚いて、恐ろしくて、手足をばたつかせながら泣き喚《わめ》いている。

そうだ。クジラは爆発させてはいけない。爆発したら、とてもひどいことに。とても悲しいことになる……。

疲れと、静かで温かい布団に包まれた安堵が入り混じりながら、奈津子は眠りへと落ちていった。ひどく凄惨な光景が脳裏に蘇るのに、気持ちはどこか静かなままで夢の中へと移行していった。

○

目の前にはスカートを翻して走る女の子の背中がある。

「ヨッちゃん、まって」

奈津子が思わず声をかけると、あははと笑いながら振り返った。

「ナッちゃん、早く早くー」

二人は港の近くを走っていた。夏なのか、空は青く晴れ渡り、陽光がじりじりと肌を焼く。波の音と共に顔を撫《な》でていく潮風が心地よい。夏に海霧の多い霧多布にしては珍しいからっとした天気に、ヨッちゃんも奈津子も、どこか箍《たが》が外れたような気分で港を走り回っていた。

そのうち、クジラ解体工場の近くまで来た。広い敷地にあるコンクリート造りの建物は立派で、同じくコンクリートでできた長いスロープが海まで続いている。ここからクジラを引っ張り上げるのだ。

ちょうど午後の休憩時間なのか、建物の影になる場所で十名ほどの女工が座って休んでいる。ヨッちゃんはその中に知り合いでもいるのか、挨拶をしながら近づいていった。奈津子も後ろをついていって挨拶をする。

「暑いのに元気いいねえ。お腹すいてる？　これ食べる？」

「食べる！　ありがと！」

にこにこと微笑んでいた女工の一人が、二人に紙袋を差し出してきた。ヨッちゃんは中に入っている物の正体を知っているようで、喜んで駆け寄る。奈津子も近づいて、恐る恐る中を覗く。中にはかりんとうのような茶色い棒状のものが入っていた。揚げ油のような匂いはするが、奈津子の知っているような糖蜜の甘い香りはない。

「ねえ、これ、なに？」

「ナッちゃん知らないんだね、これ、あぶらのかりんとだよ。クジラのあぶらみなんだって」

ヨッちゃんは一本取り出すと、迷いなく半分ほど齧りとった。微《かす》かにサクリと音がする。

「クジラのあぶらみ？　これが？」

「うん、うちの工場でクジラから油とってるでしょう。クジラの脂肪から油抜いたあとのカスだよ。食べてみな」

奈津子は女性に渡された一本を摘まんで眺めてみた。香ばしい匂いが漂ってくる。ヨッちゃんが何事もなく咀嚼《そしゃく》しているのを確認してから、自分も恐る恐る口に入れてみた。甘くはない。少し塩が振ってあるのか、汗をかいた身に塩気が嬉しい。硬めの天かすのような匂いと歯ごたえだった。

「おいしい」

素直に感想が出た。菓子ではないし、脂っこさはあるが、お腹が空《す》いていた奈津子には率直にそう思えた。

「まだあるよ、いっぱい食べな」

奈津子はヨッちゃんと一緒に五本、六本と勧められるままに手を伸ばし、七本目を食べ終えたあたりでさすがに胸やけの予感がしたため、ごちそうさまと礼を言った。

「クジラってかりんとうもできるんだね。すごいね」

率直に感想を口にすると、女工たちとヨッちゃんは楽し気に笑った。どこか誇らしげだった。


翌朝、奈津子はいつものように母親の声で目が覚めた。

「早く起きて布団上げなさい。ご飯冷めるよ」

「はあい……」

自分の体温が移った柔らかい布団が名残惜しく、まだ意識を夢の中に留《とど》めながら寝返りを打った。まだ眠っていたい、そう思った瞬間に、体の違和感に気が付く。

下着と寝間着と敷布団の、尻のあたりが生暖かく濡れていた。この感触には覚えがある。とっくの昔に卒業したはずの寝小便をやらかしてしまったというのか。一気に眠気から覚め、慌てて飛び起きた。

掛け布団をめくってみると、そこにあったのは茶色を帯びた染みだった。大きさは掌《てのひら》ぐらい。寝小便をした黄色のそれとは明らかに色が違う。奈津子の全身がすうっと冷たくなった。

「やだああ、なにこれえ！」

われ知らず、泣き叫んでいた。嫌だ、ウソだ、と繰り返しながら寝間着の上から尻と股を触る。指先には敷布団と同じ、小便とは明らかに違う液体が付着していた。

奈津子の悲鳴を聞きつけたのか、いつのまにか両親と姉が傍にかけよっていた。

「どうしたんだ、何があった!?」

泣き喚く奈津子の両肩を、父のがっしりとした両手が抑えた。かろうじてその声が聞こえた奈津子は、おかしな色の小便が出た、寝てる間に、知らないうちに勝手に出ていた、へんな病気になっちゃった、としゃくり上げながら吐露した。

「おしっこじゃなくて、うんこじゃない？　これ」

敷布団を確認していた母が言う。子を心配するゆえか、躊躇《ためら》いなく付着物を指でぬぐい、臭いを嗅いでいる。

「うん、うっすら、うんこの臭いがする。おしっこではないわ、これ」

「じゃ、じゃあ、なつ、へんなうんこ出る病気、なっちゃった、んだ」

しゃくり上げながら、奈津子は絶望を深めた。子ども心に、変な小便と変な大便が出るのとでは、大便の方がより一大事のような気がした。

父と母は敷布団の排泄物《はいせつぶつ》を検分し始めた。触ったり、臭いを嗅いだり、深刻な顔で娘の体に起こった異変の原因を考えている。姉はそこに加わりはしないものの、神妙な顔つきで両親を見守り、泣き止《や》まない奈津子の肩を撫でていた。

「ナッちゃん、痛いとか、苦しいとか、お腹の下の方がグルグルいうとか、ないの？」

「うん、大、丈夫。痛くは、ない」

「なんか、これ、便にしては変にべたべたするな。何かの液体に便が混ざってるみたいだ」

「昨日の晩は、魚の煮つけとご飯と味噌汁、あと挟み漬けか。別におかしなものはなかったはずだし……奈津子、昨日、他に何かおかしなもの食べた？」

「ええと……」

奈津子は泣きすぎてくらくらする頭をひねり、昨日あったこと、口にしたものを思い出した。

「ヨッちゃんと、クジラ工場遊びに行って、あぶらのかりんとう、もらった」

「あぶらのかりんとう？」

母と姉は眉根を寄せ、父は「それだ！」と大きな声を上げた。

「もしかして、それ、ナガスじゃなくてマッコウの脂肪だったんじゃないのか」

「え、わかんない」

原因が昨日のかりんとうだった事は間違いなさそうだが、細かい事は分からず奈津子は首を横に振った。父はどこかほっとした顔で、主に母に向かって説明をする。

「学校の同僚が前に教えてくれたんだが、ナガスの肉や脂肪は食用になるけど、マッコウの脂肪は機械用で、毒ではないけど摂取しすぎると、便意もないのに尻から油がだらだら漏れてくるんだそうだ。これも、きっとそのマッコウの油だ」

奈津子は思わず寝間着の尻の辺りを抑えた。油と言われると、確かにただの小便や下痢便ではなく、油のように粘り気のある手触りに思えてくる。毒ではない、と聞いてほんの少しだけ安心したが、尻から油が勝手に出てくるなどとは気持ち悪いことこの上ない。

「奈津子お前、それ、どれぐらい食べた?」

「この、こう、かりんとうぐらいの大きさの、七本……」

奈津子はしどろもどろに両手で大きさを示した。家族の誰もそれ一本に含まれる脂の量を知らないため、七本という数が体に異常を来《きた》すほどなのかは分からないが、現にこうして意図しない排泄が生じてしまっているのは事実だ。

「毒ではないから、体からその脂が抜けきるまで大人しくしているしかないな」

病気からの症状ではないと知って少しは安心したが、奈津子の心は晴れなかった。自分が食べ過ぎてしまったせいか。それとも誘われても口にしなければこんな事にはならなかったのか。反省と後悔がぐるぐると渦を巻く。俯《うつむ》いている奈津子の頭に父が手を置いた。

「まあ、驚いたよな。寝小便ならぬ、クジラの脂で寝大便だものな」

大真面目で言った父は、自分の言葉のおかしさに後から気づいたらしく、口元を抑えて肩を震わせている。それを見て、母と姉まで笑い始めた。

「ちょっともう、何それ！　脂で寝大便って、初めて聞いた！」

「仕方ないとはいえ、まさかねえ、こんなんなねえ」

文字通りに腹を抱えて笑っている家族三人を見て、奈津子は大層憤慨したが、お陰で深刻な空気は吹き飛んでしまった。

結局、また尻から油が出てはいけないと、その日は学校を休むことになった。母が行李《こうり》の奥から古いおむつを引っ張り出して来て、これを奈津子の尻とパンツの間に押し込み、今日一日はこのまま過ごすようにと言われた。

奈津子は大層居心地が悪かったが、確かにこうしておかないといつまた服や床を汚してしまうか分からない。学校へは母が「風邪《かぜ》でもひいたのか調子を崩して」と無難な連絡を入れてくれたようだった。

体が普通の調子ではないから嘘ではないものの、尻から油が出て学校を休むなんて、と奈津子は自分が情けなくて仕方ない。先生や同級生には絶対に知られたくなかった。

奈津子が汚してしまった寝間着と敷布団は、母が粉石鹸《こなせっけん》をかけて丁寧に洗濯してくれた。茶色が混じった色は薄くなったが、染みの名残はなかなか消えない。

その後、奈津子は布団干しをする度に、道行く人から染みが見えないよう、自分の布団の角度に気を配り続けるはめになったのだった。

○

奈津子は旅館の布団の中で目覚めると、思わず股と尻を触って濡れていないかを確認した。それから、体を震わせて笑った。

知らなかったとはいえ、馬鹿なことをしたなあ、子どもの頃の私は。懐かしさと恥ずかしさが半々で、そう思い返す。あれからいくら人に勧められてもクジラのかりんとうは口に入れず、クジラの肉を食べる機会がある時には、マッコウクジラではないことを必ず確認するようになった。

クジラ肉自体を口にする機会がなくなってからあの寝大便事件もすっかり忘れていたが、霧多布を再訪して記憶の蓋が開いたようだった。

温かい家族との、懐かしい夢だ。そして起き上がった体は軽い。よく眠れたのだろう、と枕元のスマホを見ると朝七時だった。いつも起きるよりも一時間遅い。ビールを飲んで早めに布団に入ったことを思うと、九時間も眠ってしまったことになる。最近は寝つきが悪く、疲れが取れないまま早い時間に目が覚めてしまうことを思えば、体がおかしいのではないかと思うほどよく眠った。

奈津子は体を伸ばし、布団から出た。さすがに腹が減っている。身だしなみを整えて、チェックアウトしてからコンビニでおにぎりでも買おうか。そう思って廊下に出ると、宿の女将が隣室からシーツを運び出すところだった。

「あら、おはようございます」

「おはようございます。忙しいところすみません、チェックアウト、いいですか」

「もちろんいいですけど、朝ごはん、どうします？」

「あ、いえ、素泊まりで予約させてもらってましたから」

「追加料金とか別にいらないから、嫌でなければ食べてくといいですよ。ご飯と味噌汁と魚の煮付けぐらいしかないけど」

無理強いではなく、さりげない女将の誘いに、奈津子はありがたくご馳走になることにした。こぢんまりとした食堂に座ると、女将がてきぱきと動いてお盆を持ってきてくれる。

白米に梅干し、味付け海苔《のり》、帆立の稚貝の味噌汁、そして氷下魚《こまい》の煮付け。煮付けからは、母が元気だった頃によく作っていた煮物とよく似た匂いがした。

「いただきます」

奈津子は手を合わせて箸をつけた。自分は家族の食卓はなるべく手作りを、と料理に力を入れてきたが、人が作った家庭料理を、しかも朝食で頂くのは久しぶりだった。味噌汁は帆立の出汁《だし》がよく出ていたし、煮物は母のものと同じ、甘じょっぱくて懐かしい味がした。この絶妙な甘さが、奈津子はなかなか再現できずにいたのだ。

「あの！　すいません、この煮付け、味付けに何使ってます？」

思わず厨房《ちゆうぼう》で片づけをしている女将に声をかける。女将は面倒くさがるでもなく、前掛けで手を拭き、笑いながら近づいて来た。

「なんも特別なモンは使ってないですよ。砂糖と、醬油《しようゆ》と酒とみりんと」

「砂糖は何ですか？　きび砂糖とか？」

「いいえー、普通の上白糖。あ、あと、隠し味にめんみをちょっとね」

「めんみ、って、麺つゆの？」

「うん、そのめんみ」

そう言うと女将は調理台の上にあったガラス瓶を持ち上げて見せてくれた。見覚えのあるラベルと、瓶の中に黒い液体が見える。

なるほど、という納得と、それか、という驚きが奈津子の中で交錯した。濃い味を好む北海道の人に合わせて作られているという、甘みと旨味の強い麺つゆだ。確かに、母が台所に立っていた頃、台所には同じようなラベルの瓶があった気がする。

自分は、手をかけることに拘って出汁の素や麺つゆの類《たぐい》を使わずに料理してきたが、それで却《かえ》って母の味付けから遠ざかっていたわけだ。

「なしたの？　ごめんね、口に合わんかったかい？」

「いいえ、違うんです。美味しいなって思って。ありがとうございます」

「そう、よかったわ」

女将は厨房へと戻っていき、奈津子は改めて残りの氷下魚に箸をつけた。なるほど、この甘み、そして出汁の味が強いのは、めんみのお陰だったのか。

一度種明かしされてしまえば、自分が拘ってきたことが急に馬鹿らしく思えて、奈津子はその場で笑いだしそうになった。欠片《かけら》も残さず食べ終えて、女将に丁重に礼を言った。

そういえば、骨のある魚をきれいに食べるように自分と姉を厳しく躾《しつ》けたのは父だった。子どもの頃は多少煩く感じたものだが、結婚前、夫の両親と会食した際、鰊《にしん》の食べ方がきれいだと義母が褒めてくれたことを思い出す。たぶん、父の教えで無駄なことは一つもなかったのだろう。

「あ」

宿泊代金を払う際、そういえば、と心が思い立つと同時に声が漏れた。

「あの、すいません、この町で……」

『ヨッちゃんという人はいますか』

そう問おうとして、奈津子は口を噤《つぐ》んだ。違う。訊きたいのは、彼女がまだこの町に住んでいますか、という問いだ。なのに、自分はヨッちゃんの本名を忘れてしまっている。いや、仮に覚えていたとしても、名字が変わっている可能性もある。

自分より若い女将に、『私と同い年ぐらいでヨッちゃんというあだ名の女性を知ってますか』と問うのは、いくら小さな町にしても漠然としすぎている。

「どうかしました?」

女将が怪訝そうにしているので、奈津子は慌てて手を振った。

「いえ、何でも。知り合いがまだこの町に住んでるかどうか聞きたかったんですけど、そういえばあだ名だけで本名知らないなって。これじゃ分かるはずないですね」

「そのあだ名、何ていうんです?」

「ええと、ヨッちゃんて。私と同級生だったんだけど」

「うーん、ごめんなさい、分かんないです。私のママ友とママ友の娘ちゃんに一人ずついましたけど、ヨッちゃん」

「それはさすがに違うわねえ。ごめんなさい、変なこと聞いて」

二人でけらけらと笑って、奈津子は心の隅で納得する。ヨッちゃんが今、どうしているのかは分からない。けれどきっとあの頃と変わらず、この女将のように元気で親しみやすい女性に成長しているのではないか。そんな気がした。

宿泊代金を支払い終え、さてすぐに釧路に行こうか、それとも現在の霧多布にどこか名所はあるだろうかと考え、玄関口でパンフレットを広げた。ラッコが見られる湯沸岬は昨日の温泉を少し奥に行ったところだ。昨日は岬付近の温泉から坂を下ってここまで来たわけだが、逆の道のりを坂登りで歩くのは辛《つら》そうだ。しかしすぐに釧路に向かうにはいささか時間が早い。

奈津子が顎に手を当て考えていると、女将が「あらまだ悩んでる」と声を掛けてきた。

「ここから釧路？　そしたら、バス出てるからそれ乗って茶内駅行くのがいいべね」

「そうですね。他に、どっかいいとこあります？　見ておくべきところとか。ラッコは歩きだと坂だしやめとこうかなと」

「うーん、琵琶瀬の展望台も、車ないと遠いしねえ。今日、海霧出てるし。あ、バスだら途中で降りて湿原センター行ったらいいわ。私もね、休みの時は湿原センターでコーヒーとアイス食べながらぼーっと湿原見たりするのさ。小《ち》っちゃい図書室もあってね。そこで写真集やなんかぱらぱら見たりして。なかなかいいよ」

奈津子は女将に礼を言って玄関を出た。一歩外に出て、頬を撫でる冷たい湿り気にぎょっとする。外は厚い海霧がたちこめていた。市街地は全て乳白色に覆われ、十メートル先の看板がようやく見えるという状態だ。

これでは港や海岸に行っても何も見えまい。ラッコや展望台もきっと無理だ。

ここは大人しく、女将に言われたように湿原センターに行くしかないか、と消去法で決めた。湿原も霧で何も見えないかもしれないが、図書室があるというし、コーヒーを飲めるというのも魅力的だ。

奈津子は霧の中をスマホの地図頼りで歩き、一番近いバス停にたどり着いた。ものの数分で次のバスが来るという良いタイミングだった。

他にバスを待つ客はいない。周辺は商店が立ち並んでいるはずだが、人の気配もない。時折、目の前の道路をライトを点けた自家用車が通り過ぎるだけだ。霧の水滴が音を吸収しているのか、ひどく静かだった。

奈津子は目を閉じる。母の見舞いで釧路通いをした際に遭遇する海霧とも、また少し濃さと香りが違う気がする。鉄道で一時間ぐらいしか離れていないのに、この違いは何だろう。それとも、私が勝手に差異を作り出しているだけなのだろうか。

霧のように拡散した思考がまとまらないまま、バスらしきライトが二つ近づいてきて、停車した。奈津子が乗り込むとすぐに霧の中を発車する。

住んだことのある町だというのに、景色ひとつ見えない中を走るバスに乗るのは知らないところに向かう不安が付きまとう。湿原センターに到着した時にすぐ分かるよう、前方の電光掲示板に次の到着地が表示されていることを確認した。

窓の外は白く霞《かす》んで、民家の壁と屋根の色ぐらいしか判別がつかない。ふと、女将と交わしたヨッちゃんのことについて思い返した。自分が知る『ヨッちゃん』の家の職業は何だったか。思い出せない。あの笑顔と、少しお節介なところと、一緒にクジラのかりんとうを食べたことは思い出せるのに、彼女を特定できる情報は何も覚えていないのだ。

ヨッちゃんがまだこの霧多布にいるとしても、また他の場所に住んでいるとしても、彼女ならきっと元気でいるのだろうが、果たして自分のことを覚えてくれているだろうか、奈津子はふいに足下が冷えるような不安に襲われた。ヨッちゃんだけではない。転校ばかりしていた自分は、果たしてこの存在を誰かに覚えて貰えていただろうか。

そして自分は、霧多布をはじめとして縁のあった場所を、人を、どれだけ精確に記憶できているというのか。

バス停を通過する度に数名の乗客が乗降し、とうとう『次は、湿原センター前』とアナウンスが入る。奈津子は慌てて降車ボタンを押した。気付けば霧は晴れ、道の両側は枯れた芦原に覆われている。昨日通った道を逆に向かっているわけだ。

程なくしてバスが停車し、奈津子は慌てて小銭を支払って降りる。芦原の端、つまり湿原の端にある小さな丘の上に、真新しい建物が建っていた。バス停から階段を上って、建物の中に入る。広々としたホールに湿原の動植物を解説するボードや剝製、バードカービングがディスプレイされていた。

他に、町内の小学生による自由研究なのか、色とりどりのマジックで描かれた模造紙が何枚か張り出されている。

奈津子は『霧多布のさかな』という題字と、数種類の魚の絵が描かれている一枚の前で足を止めた。さすがにクジラやイルカはないようだが、ウニ、氷下魚、チカ、カジカと、お馴染《なじ》みの名前が素朴なイラストとともに並んでいる。その中に、『キュウリ』の文字を見つけて、奈津子は微笑んだ。子どもの頃、霧多布の港で遊んでいる時、釣り人に教えてもらった魚の名だ。


確か、一人だったのだろう。釣り糸を垂らしている老人に、奈津子はこわごわ近づいていった覚えがある。

「なに釣ってるんですか？」

「キュウリ」

「キュウリ!? うそ、キュウリ泳いでるの!?」

老人は日に焼けた顔ではははと笑った。

「キュウリウオって言うんだよ。チカとかワカサギみたいなもんだ」

「なんでキュウリって名前？」

「キュウリみたいな匂いがするから、らしい。野菜のキュウリと魚のキュウリはおじさん匂いが違うと思うんだけど、なんでかそう言うんだ」

それまで野菜の名前として認識していたのと同じ名が魚にもつけられていること、その由来がまさに野菜のキュウリであることが、まだ幼い奈津子にとっては驚きだった。その間にも、老人は華奢《きやしや》な釣《つ》り竿《ざお》をひょいと上げて、銀色にきらめく十センチほどの魚を引き寄せる。

「そら、言ってるそばから、キュウリだ」

口についた針の根元だけを上手に摘まんで二、三度振ると、魚は水を張ったバケツの中にぽちゃんと落ちて泳ぎ始めた。

「すごい、すぐ針からとれた」

「あ？　うん、人間の手で触ると、魚は火傷《やけど》しちゃうのさ。傷まないように、なるべく触らないようにしてる」

「火傷って、そんなに熱くないのに、ですか？」

「魚にとっては人間の体温もアチアチなんだよ」

へえ、と奈津子は小さな両手を合わせる。お互いの掌から伝わる熱は当たり前だが人肌で、この穏やかな温もりが魚にとっては熱いのだとは、なかなか想像できなかった。

「嗅いでいい？　野菜のキュウリと同じかどうか、嗅いでみたい」

「おう、いいぞ。いいけど、両手水に入れて冷たくして、それから掬《すく》い上げるんだ。嗅いだらすぐ戻すんだぞ」

「はい」

奈津子は老人に言われた通り、ブラウスの袖をまくって両手をバケツの水につけた。冷たい。驚いたキュウリが指の間をせわしなくすり抜けていく。指先がじんじんし始めて、奈津子は老人を見上げた。

「もういいかな」

「うん。掬って嗅いでみれ」

両手をお椀《わん》状にして、キュウリの進路を妨げた。キュウリの体が掌に触れてくすぐったい。指の間から少しずつ水を逃がして、とうとうキュウリを掬い上げた。すぐに鼻先をその体に近づける。

「生臭い」

奈津子は思わず眉間に皺を寄せた。感想は、ただただ、魚の臭いしかしない。それだけだ。野菜の匂いとは程遠い。

老人は竿を揺らしてはっはと笑った。

「だよなあ。おじさんもそう思う。まったく、誰が言い出したんだかな。ほれ、魚弱っちまう。もう戻してやれ」

「はい。ごめんね、キュウリ」

奈津子がキュウリを水中に逃がすと、また元気に泳ぎ始めた。

「よかった、火傷してないみたい」

「手冷やしたし、短い時間だからな。そうしないでいつまでもいじくってっと、火傷してすっかり弱っちまう。クジラは別だけどな」

「クジラは、なんで別？」

　針に新しい餌をつけて再び投げ込みながら、老人は言った。

「クジラの肉はな、あったかいんだ。おじさん昔あそこで働いてた時は、寒いとき手か足をクジラの腹ん中によく入れてたもんだ。人間の体温ほどじゃないけど、外のしばれよりは大分あったかいから」

　老人は空いている片手をシャツの裾から内側に入れた。クジラが服を着ている訳はないから、解体の時に皮をむいてその内側に、ということであろうことは奈津子にも分かった。

「なんでクジラはキュウリと違ってあったかいの？」

「クジラは魚の仲間でなくて、人間の仲間だからだよ」

　老人の言葉は奈津子にとって大きな衝撃だった。大人になった今思い返してみると、クジラは魚類ではなく哺乳類だという意味なのだと分かる。食卓にのぼる牛や豚と一緒だ。しかし子どもの頃の奈津子は、クジラが自分たちの仲間、という一言がとにかく驚きだったのだ。

その日、帰宅した奈津子を上機嫌の母が迎えた。

「今日、いいお肉頂いたのよ。鉄板焼きにしたら美味しいって。さ、手洗ってきなさい」

「はーい」

皿に並べられた切り身は細かなサシを帯びた赤い身で、全体はうっすらとした桃色をしている。見るからに肌理《きめ》が細かくて美味しそうだ。高級品であるせいなのか、母がいつも面倒くさがって用意しない大根のつまと、さらに大葉まで添えられていた。

「これ何の肉？」

「牛肉」

「なんか今まで食べた牛肉と違うね。普通もっと赤いのに」

「さあ、お母さんもよく分かんないけど、脂が細かく入った、サシっていうの？　おいしい証拠らしいよ。もらった時、滅多に手に入らないって言われたし」

七輪の上の鉄板でいかにも美味しそうな匂いをさせながら焼かれていく切り身に、食べ盛りの奈津子は躊躇いなく箸をつけた。

「おいしい！　やわい！　舌でとける！」

「なにこれ、こんな美味しい牛肉、初めて食べた」

「すごく美味しい！　もっとないの!?」

「うん、うまい。あんまり焼きすぎないうちに食べた方が、口の中で脂がとけ出してうまいな」

　家族それぞれ舌鼓を打ち、あっという間に平らげた後、おもむろに母が口を開いたのだ。

「今食べたのね。本当は牛肉じゃなくて、クジラなのよ。ご近所の人が、試しに牛肉だって言って出してみなって、分けてくれてねえ」

　この時の衝撃を奈津子は覚えている。母は美味しいクジラ肉で驚かせようとしていたようだが、同じ日に『クジラと人間は仲間』という話を聞いていた奈津子としては、気が気ではない。しばらくの間泣きわめき、事情を知らない両親と姉がようやく理由を理解し、しゃくり上げる奈津子を言いくるめるまで、『人間と同じ仲間の生き物の肉を食べてしまった』と半狂乱だった。

「だって、前に尾の身の美味しいやつ貰った時、あなた拾った肉か疑ってたじゃない。なら面倒だから牛肉ってことにしておこうかなってお母さん思ったのよ。ごめんね」

　母の言い訳はこうだった。ごめんね、と言いつつ全く悪びれていない様子だったが、奈津子としても拾った肉と疑った前科があるので、それ以降は母を責められなかった。

　今思えば何ということもない、少し恥ずかしいだけの思い出だ。哺乳類という意味では牛もクジラも人間の仲間だ。でも少女の自分にとっては、世界の形が変わってしまったような事件だったのだ。

奈津子はかつての自分の真剣さが少し羨ましくなり、決して上手ではないキュウリの絵を指先でなぞった。

ホールの奥に行くと、湿原側に大きなガラス窓を配置した展望室に出る。霧が晴れて、秋の穏やかな日差しがいっぱいに差し込んでいた。奥の椅子に一組の老夫婦が座り、何も語らずにコーヒーカップを傾けている。

老夫婦と反対側に小さな厨房があり、エプロンをつけた女性スタッフが立っていた。どうやら喫茶コーナーらしい。奈津子もホットコーヒーをひとつ頼み、窓に向かってカウンター状になっている席に腰かけた。

少し標高の高い場所にあるせいか、目の前の湿原と、少し遠くの霧多布市街がある海岸線が一望できた。とはいえ、海側はまだすっぽりと海霧に覆われている。カウンターの傍らに据え付けてある双眼鏡で覗いても、民家の屋根ひとつ見えなかった。

奈津子は一面茶色の芦原を眺めながら、ぼんやりとコーヒーカップを傾けた。値段の安さからインスタントに毛が生えたような味を想像していたが、意外なほどに香りが良い。味も苦みとコクがあり、豆を挽《ひ》いて淹れたもののようだった。思わず二杯目と、空腹でもないのにレジ横のケーキサーバーに鎮座していたレアチーズケーキまで追加してしまった。

　二杯目のコーヒーをちびちび飲み、土台のグラハムクッキーが香ばしいケーキをつつきながら、ぼうっと外を眺める。たっぷり寝たはずなのに、いや、それゆえなのか、頭の内側がうまく働かない。駅行きの次のバスまでは二時間ほどあるから、外に出て遊歩道を歩こうかとも考えたが、腰を上げる気にはならなかった。バッグの中の本を開く意欲も湧かない。

　せめて女将が勧めてくれた図書室を見てみようかと、階段を上って二階の小さな図書スペースに足を踏み入れる。一角が児童コーナーになっていて、クッションフロアの上に小さな椅子やぬいぐるみが置かれていた。

　中に人はいなかった。静かで小ぢんまりとしているのに本の数はかなりのもので、小さな学校の図書室といった風情だ。郷土史や自然関連の書籍が多い中、『クジラ』という字が目に入った。

　奈津子は手に取ってぱらぱらと捲《めく》ってみた。クジラ研究者の手によるエッセイらしい。壁に、図書室内だけでなく、館内で閲覧可能という張り紙があったので、ありがたくコーヒーを置いたままの席まで持っていく。

　本は面白かった。日本近海のクジラの知識が織り交ぜられながら、研究者の日常が軽妙な語り口で綴《つづ》られている。札幌に戻ったら書店に注文してみようかと思った。

しかし、本の中で語られるクジラの姿と、子どもの頃に見たクジラの姿が、どうしても奈津子の中では重ならない。それぞれが、まったく別の種類の生き物のように感じられるのだ。

コーヒーの最後の一口を飲み干して、鼻から抜ける香ばしい匂いを名残惜しく思いながら、奈津子は本から顔を上げた。昔暮らしていた霧多布の町は、まだぼんやりと霧の塊に包まれている。

ここで出会えた本は面白かった。しかし、良い本を見つけたという満足の一方で、欠落感はより大きくなる。

かつて住んでいた場所まで来て、偶然に導かれて本を手に取って、というのは確かに楽しい経験だった。しかし、それだけだ。経験や感傷で自分の心が満たされる訳ではない。

自分の空洞を埋めるのは単なる経験や本による知識なんかではなく、もっと自分の裡《うち》から引きずり出したものであるべきなのではないだろうか。

『おばあちゃんなのに？』

一点の邪気もなく孫が言い放った一言が思い出される。実際、蒼空は本質を衝《つ》いていたのかもしれない。

奈津子だって、自分の人生が残り少ないことは分かっている。その短いであろう時間に何かの埋め合わせをしようというのは、ただの自己満足に過ぎないのではないか。慌ただしく暮らす札幌から離れて、見つけたのは結局自分が今まで目を逸《そ》らしていたことだったような気がして、奈津子は瞼を閉じると同時にゆっくり息を吐きだした。

コーヒーの香りが鼻先から消え去って、代わりに魚が腐ったような、生臭い香りを思い出す。ここは霧多布の海沿いからは離れているのに。しかももうクジラの解体はしていないというのに。

なのに、私の鼻はクジラの、しかも腐ったクジラの臭いをしつこく覚えているのだ。

奈津子はふいに分からなくなる。そもそも、記憶にこびりついたこの臭いを、自分はなぜ『腐ったクジラの臭い』として覚えているのか。そして、脳裏に浮かぶ浜辺に打ち上げられたクジラのイメージは、いつか蒼空が動画で見ていたものと異なり、妙に現実感を欠いているのか。

思い出そうとすればするほど、記憶は確かさを失っていく。そもそも、あの膨らんだクジラは、幼い私が人から聞いた話を想像したものだろうか。それとも、実際にこの目で見たものだろうか。六年生の私が見たものと思い込んでいるだけなのではないか。

誰かに聞いても、本を紐解いても、得られるような答えではない。考えれば考えるほどに、腹の奥に重石《おもし》を据え置かれたような気分になる。遠くにある海霧は海辺を覆ってしつこく居座っていた。

ぼんやりとした時間を湿原センターで過ごしてから、奈津子はバスで茶内駅に向かった。すぐに根室方向からの車両が到着したので、躊躇いなく乗り込む。釧路へはあっけないほどすぐに着いた。

あとはいつも釧路に着いたらすることを、一日遅れで実行するだけだ。駅前のコンビニでおにぎりを買って、母の入居している施設がある星ヶ浦地区行きのバスに乗った。車内で手早くおにぎりを腹に収めながら、心の中で母と顔を合わせた時の声の調子や表情を予め想定する。にこやかに、機嫌よく、母を不安にさせない良い娘であり続けられるように。

今回は、予定より一日遅れたことで不機嫌な対応をされてしまうかもしれない。どうして昨日来なかったのか、そう問い詰められたらどう答えればいいだろう。自分自身でさえ、余計な時間と金をかけ、家族に迷惑をかけてまで故郷の一つを訪れようと思ったのか、うまく説明がつかないのだ。

特に、霧多布まで足を延ばして思い出した昔の家族、かつての快活だった若い母の姿と、現在の母とをどうしても比べてしまうことだろう。奈津子にはその予感があった。やはり、霧多布に行くのは母と会う予定のない機会であるべきだったのかもしれない。考えてもどうしようもないことを二度、三度と思い返してしまい、腹の中の冷たいおにぎりに体温を奪われていくような気がした。

「来るっていうから、昨日、待ってたのに」

案の定、奈津子が挨拶と謝罪の言葉を口にする前に、母はそう言って口をへの字に曲げた。

認知症とはいっても初期であるせいか、元々の母の性格に劇的な変化があるわけではない。ただ、母の性格の色々な側面がそれぞれ過剰になっているように見受けられる。現在は、気難しい面が怒りと共に強く表に出ている訳だ。

訪問自体がキャンセルになるわけでもなく、たった一日ずれただけだというのに。元気だった頃ならば「仕方ないねえ」の一言で済ませるところを、今の母は個室のソファにふんぞり返り、目を合わせようともしない。

「ごめんね。どうしても昨日、行きたいところがあって」

JRの故障で、とか、急な腹痛で、などと、無難な嘘はいくらでも言えた。しかし、本当のことは言わないまでも、奈津子は偽りだけは言いたくなかった。元気だった頃とは違う、今の母に対してだからこそ無性に。

「あら、どこに行ってきたの？」

「え？」

母はようやくこちらを見て、目を輝かせた。どうしてか機嫌が直っている。奈津子は戸惑いながらも事実を述べることにした。

「あのさ、霧多布、覚えてる？　私が小学校の頃にお父さんが赴任した」

「ああ、覚えてる覚えてる。海霧が酷《ひど》くて、クジラ工場の臭いが凄くて。でもご近所もいい人が多くてね、魚やクジラ肉のお裾分け、沢山頂いたものだわ」

母はどこか夢見るような調子で、当時のことを語り始めた。夫の転勤に付き従って道内のあちこちに移り住んだ中、霧多布は住みよい場所として記憶されているのか。

「もうかなり変わっちゃってるんでしょうね」

「うん、仕方ないけど人口は減ったし、クジラ工場はないし、あ、でも会った人はみんな親切だったかな。あと、今は温泉が出てるよ。高台に町営の大きな施設があってね」

「温泉、そりゃいいわねえ。そう、霧多布の時は教員住宅に内風呂があったけど、霧多布に行く前の前、そう、オホーツクのどこだったか。奈津子覚えてる？　風呂はないわ銭湯は遠いわで、本当に大変でさ……」

温泉、というキーワードひとつで、母の意識は自在に過去へと飛び、舌は滑らかに語り始める。覚えてるかどうかと言われても、父がオホーツク側の町に赴任したのは奈津子がまだ赤ん坊の頃のはずだ。それにも構わず、母は当時の苦労話をどこか楽し気に語る。

「せっかく温泉行ってもお父さんはカラスの行水なもんだから、お母さんがあんたたち二人連れてようやく出たら、休憩所で一緒に煙草《タバコ》吸ってた人と友だちになってる、なんてことしょっちゅうだったわ」

「お父さんらしいよねー」

奈津子は相槌を打ちながらふと思い出して、バッグから母の好きな洋風まんじゅうを出す。母の好物で、札幌で買っておいたものだ。母はまんじゅうを頬張りながら、ますます機嫌よく語り続けた。

霧多布での生活について、母から無理に聞き出そうというつもりはなかった。聞いたところで自分の心を埋めてくれる何かを話してくれるとは思えなかったし、それを期待すること自体、今を好きに生きる母に失礼なことのように思えたからだ。

もう、かつての赴任先の話ではなく、施設内の友達の話や、その家族の話やらと、話題はあっちこっちにすぐ飛んでしまう。開いた引き戸の向こうでは、通りすがった職員がこちらの様子を見て微笑んでいた。いつも通りだ。

母がひとしきり話を続け、間もなく帰りのバスの時間となった時、奈津子は「それじゃ、そろそろ帰る時間になっちゃったから」と腰を上げた。

「あら、もう？　今度いつ来られるの？」

「来月かな。豊と久美子さんと蒼空も、今度連れてくるからね」

「しばらく会ってないものねえ。蒼空も大きくなったでしょう。楽しみねえ」

奈津子は強いて微笑みを絶やさず、一方で心はちくりと痛んだ。共働きの息子夫婦は、休みができると親子三人で大きなRV車に乗って遠くのキャンプ場へ出かけていく。札幌から釧路までは高速道路を使えば以前より大分楽に来られるはずだが、祖母に会いに行くという発想はないらしく、自分たちのレジャーを優先しがちだ。どう説得すれば嫌な顔をされないか、考えるだに気が重くなる。

「それじゃ、また来るね」

「気を付けて帰りなさいね。旦那さんと豊たちによろしく」

「うん」

部屋を出る際に、ドアの横に張ってあるカレンダーが目に入った。海の水彩画が描かれた、下に地元信金の名前が入ったカレンダーだ。

黒のマジックで所々に『散髪』『茶話会』『リハビリ』と書き込まれている中で、昨日の日付欄に赤いマジックで『なつこ来る』とひと際大きい字で書かれていた。

記憶の折り目を糺《ただ》した一日ぶんの価値と、母が待ちわびていた期待の大きさとを秤《はかり》にかける。どちらも重さを主張して秤はぐらぐらと揺れ続け、奈津子の心は罪悪感にえぐられていった。

奈津子は職員に挨拶をしてから建物の外に出た。そういえば、母にめんみのことを話し忘れていた。でも、まあいいか、と思い直す。母が煮物にめんみを使っていたことを指摘したとして、どういう言い方をしても本人は好意的に受け取らないような気がした。認知症という霞の向こうまでも、無理に共有しなくていいものもある。

予定通りにバスに乗って釧路駅へと向かう。あとは予定の一日遅れで札幌に帰るだけだ。駅に人影は少なかったので、今度は乗車券と特急券だけで、指定席券は買わなかった。もしも自由席にやかましい客がいたら、その時は車掌から指定席券を買って移動すればいい。思えば、こっちに来る時に自由席に座っていたら、あの賑やかな一団に遭遇することも、予定を延ばして霧多布まで行くこともなかったのだな、と思うと少し笑えてきた。

改札前のベンチに座り、札幌から来る特急車両の到着を待つ。あと三分少々はあるようだ。到着してからも札幌からの客が全て降り、車内の清掃が終わるまで特急には乗れない。では今のうちに、と奈津子はスマホの電話帳で姉の名前を検索した。

平日夕方、専業主婦をしている姉は一コール目で『はい』と応答した。

「もしもし、お姉ちゃん？」

『ああ奈津子。元気？』

姉の麻子は夫の実家がある長野に住んでいる。奈津子が小樽の少し高価な海産物を送ると、喜んでリンゴなどを送ってきてくれる。ここ数年は会っていないが、物や電話のやりとりは頻繁に行っていた。

『この間送ってくれた山漬け、ありがとね。飯寿司《いずし》と松前漬けも美味しかったわあ。松前漬けのごろんとした数の子、孫たちで取り合いしてた。高かったっしょ』

「こっちこそ、リンゴいっぱい送ってもらったもの。ありがとね。年末になるまえにイクラ送るから。冷凍で」

『ありがとう。孫が好きなんで助かるわー。で、今日はどうしたの？』

「今お母さんのところ行ってきたから、電話しておこうかと思って」

『あらそうなの。どう、お母さん、元気？』

「うん、順調に年とりながらっていうと変かもしれないけど、年齢相応に萎《しお》れて、年齢程度には元気」

努めて明るい口調で言うと、スマホの向こうから吹きだしたような笑いが漏れた。

『何さそれー。今年はもう無理だけど、来年は私も釧路に顔見に行くわ』

「うん、その時は予定合わせて二人で来ることにしようよ」

『うん』

お互い孫のいる年齢になっても、姉妹という関係からくる、あけすけな会話は心に重りがなくて楽だ。特急もまだ来ないし、奈津子は口が軽くなったついでに、思いつくままの話題を選んだ。

「ねえ。ちょっとお姉ちゃんに聞きたいことあるんだけど。あのさ、霧多布、浜中町の霧多布にいた頃、クジラとれてたのって覚えてる？」

『ああ覚えてる覚えてる。よく肉もらって食べたっけね。あんたなんて油カス食べ過ぎて下痢して』

「やだ、そんなことまで今さら。それでさ、クジラの爆発って、記憶にある？」

『クジラの爆発？』

「私が霧多布にいた頃、だから小六の頃か。腐ってたクジラが爆発したことがあった気がするんだけど。覚えてない？」

『覚えてないわあ。ていうか、あんた小六の頃ならもう釧路に転校してたじゃない』

「え？」

どくん、と心臓がおかしな跳ね方をして、乾いた声が出た。自分は計算違いをしていただろうか？

『あんたが六年になる前の春休みに、お父さん釧路に赴任になったはずだよ。私が中三に上がる時で、受験生になるタイミングで転校なんてついていてない、って散々文句言ったの覚えてるもん』

奈津子は唾を飲み込んだ。言われてみるとその通りだ。三歳上の姉が、どうせ転校なら今の中学を卒業する節目なら良かったのに、とぼやいては両親に宥《なだ》められていたことを思い出す。

年齢差で逆算したなら、自分が六年生の時には既に釧路にいた。では、記憶に引っ掛かっているクジラの爆発は、霧多布での出来事ではない。

『奈津子？　ナッちゃん？　なしたの？』

「ん、ううん、何でもない。列車来るから、したらね。またね」

『うん、また』

通話を切ってからも、心臓が煩く動いている。奈津子は完全に混乱していた。私が六年生の頃に見たクジラの爆発は、霧多布ではなく釧路だったのか。それとも、六年生ではなかったのか。

ただの思い違い、その筈《はず》なのに、なぜ鼓動が煩いのだろう。手足が冷たく、肺が半分潰れたように息苦しいのだろう。

奈津子はベンチから立ち上がり、無理矢理に背を伸ばした。座っていた時より容積を増やした肺に無理矢理空気を詰め込み、倍の時間をかけて吐き出す。

『まもなく、一番ホームに札幌から特急おおぞらが到着します。白線の後ろに下がって……』

背中ごしにアナウンスが聞こえる。奈津子は駅舎を出ると、バスの時間を確かめるのももどかしく、客待ちをしているタクシーの座席に滑り込み、来た道を戻った。

座席から見る町並みは暗くなり始めていた。そういえば、母の見舞いに来る時はいつも日が暮れる前に帰りの汽車に飛び乗っていたのだ。乗るべき汽車はもう出てしまった。夕日が美しいとされる釧路の街で、紺色に変わりつつある空は一秒ごとに奈津子の不安を倍加させる。

慣れた手つきでコートのスマホを引っ張り出す。宛先に一瞬迷ってから、嫁に『すいません都合で今日も帰れないことになりました』と短いメッセージを送る。それから夫への通話ボタンを押した。

「もしもし、ごめん」

『どうした』

「ちょっと今日も帰れなくなった」

『お義母《かあ》さん、どうしたんだ』

こちらが手短に説明しているせいか、夫の声にも焦りが混じる。奈津子は慌てて「母は変わりないの」と付け加えた。

「母さんじゃないんだけど、ごめん、うまく説明できないんだけど、想定外のことが起こっちゃって。明日間違いなく帰るから。帰ってちゃんと説明するから、蒼空の面倒、お願いします」

見えるはずもない頭を下げながらの懇願に、夫は何も答えなかった。不満の声も溜息もない沈黙はやけに怖い。

『分かった、帰ったら事情は聞く』

「ありがとう、ごめんね」

『いや、謝らなくていい。こっちは心配するな』

唐突にかけられた優しい言葉に、奈津子は思わず息を呑んだ。

『お前の思うようにするといい。遅くなってもちゃんと帰ってきてくれればそれでいい。また連絡をくれ』

「うん」

通話を切ると、どっと体から力が抜けた。ふざけるな、すぐに帰れと怒鳴るような人とは思っていなかったが、やはり多少は不満や否定の言葉を想定していた。なのに、思いのほか柔らかく受け入れてくれた。

蒼空の面倒を見たことで妻の日頃の苦労を痛感したのか。それとも、奈津子の知らない夫の負い目が刺激されたとでもいうのだろうか。

どちらでもいいか。どうせ、遠く離れたここからは何もできない。手の中のスマホがメッセージの受信音を発する。時間を空けてもう一度。そしてもう一度。嫁の抗議だろう、そう思って画面を見ないまま音を切り、バッグの奥へと突っ込んだ。

「お客さん、星ヶ浦の、裏道通っていってもいいですかね」

運転手が遠慮がちに聞いて来た。「はい、お願いします」と答えてから、奈津子ははっとする。今の電話の内容を知らない人が聞くと、行先が介護施設でなかったら、浮気を疑われでもしたのかもしれない。

車内に妙な緊張が漂っているのを感じて、奈津子は苦笑いした。なんと滑稽な。自分が拘り、蟠っていることも、きっと一歩引いて他人から見ればただの滑稽な笑い話だ。だれも彼も、私の飢えや痛みは分からないし、それでいい。

『もう、おばあちゃんなのに？』

脳裏に響く蒼空の声に、その通りだ、と密かに頷く。私はおばあちゃんで、他人に分かってもらえるほど残り時間は豊かじゃない。だから、自分独りだけで記憶の蓋を開きに行く。目的の施設にはすぐに到着し、奈津子はタクシーの運転手に礼を言った。

「あら、すみません、面会時間はもう終わってしまってて。何かお忘れものですか？」

来客玄関でさっき顔を合わせた職員に声をかけると、至極真っ当にそう言われた。声には明らかに面倒だという思いが混ざっている。

「いいえ、そうじゃないです。そうじゃないんですけど、すみません。どうしても今日中に、母に確認しておきたいことがありまして。すぐ終わりますので」

「どうしても、今でなければいけないご用事ですか？」

「はい、職員の方もお忙しいところ、時間外でご迷惑おかけして申し訳ありませんが」

「……分かりました、今みなさん揃って食堂でお食事中です。こちらへどうぞ」

奈津子が意図せず切羽詰まった勢いだったことが、職員の態度を軟化させた。以前に利用者家族の要求を呑まず、何か取り返しのつかない事態にでもなったのだろうか。遺言とか、相続とか。そんな考えがちらりと浮かんだ。

取り返しのつかない。自分が今求めていることもある意味そうなのかもしれない。ここで何もなかったことにしても実害はないが、事実も心も、過去の裂け目にはまって永遠に失われてしまうような気がした。先に立つ職員を追い抜かし、早足で食堂ホールに入ると、奥のテーブルで食事をとっている母を見つけた。

「母さん」

「あら奈津子、どうしたのさ。忘れ物？」

周囲にいる他の入所者も驚いてこちらを見る中、奈津子は母の傍らに膝をついて声を潜めた。

「ちょっと聞いておこうと思って。あのさ、クジラの爆発、覚えてる？　私が小学校の六年生ぐらいの時に起こったと思うんだけど」

「クジラの爆発？」

はて、と母は首を傾げた。ばくはつ、ばくはつ、と二度三度、声に出して記憶の引き出しを一つ一つ確かめているようだ。奈津子は膝をついたまま、辛抱強く待った。たっぷり一分は経った後に、母は「ああ」と声を上げた。

「クジラは知らないけど、爆発ならあったねえ。爆弾の。本当大変だったわ。奈津子の同級生、何人も亡くなってさあ。本当に痛ましかった。なんで戦争終わって十年も二十年も経ってから、爆弾なんて流れ着くものかねえ」

え、と奈津子は息を呑んだ。クジラではなく、爆弾。同級生が亡くなった。母の口から出た単語と記憶の断片が結びつかない。母は認知症から不確かなことを言っているのではないか、という疑念が底に渦巻いて、否定したい気持ちの背を押している。

「待って。それ、釧路？　霧多布じゃなくて？」

「うんそう、釧路でのこと。奈津子は霧多布から転校して割とすぐで。炊事遠足でみんなに馴染みたいって言ってた時だったから、覚えてるわ。ほんと、あんたあの時火の近くにいたら危なかったわあ」

母は完全に昔語りの気分になったのか、もはや奈津子ではなく、同じテーブルについた他の入所者に語り掛けている。「そうなのお」「大変ねえ」と、呑気《のんき》な彼らの相槌がひどくちぐはぐに思えた。

「炊事、遠足」

　言葉に出すと、奈津子の中で記憶が輪郭を得ていくような気がした。遠足で向かった先で、自分たちで炊事をする。そんな行事があった気がする。

　そして、向かった先は、海だ。

　奈津子は自分の指先からすうっと血の気が引いていくような気がした。何を問えばいいかも分からない中、一度火がついた思い出話は終わらない。

「合同のお通夜も可哀相でねえ。親御さんが何人も泣き叫んで、つられてみんな泣いてたわ。あんたも他の生き残った同級生も、可哀相に、みんなショック受けててねえ。奈津子は、仲良くしてくれたヨッちゃんて子があれしたから、余計にひどくて」

「ヨッちゃん？」

　母の口から出てきた名前に心臓がおかしな跳ね方をした。なぜ、霧多布の同級生の名前がそこで出てくるのだ。あれしたとは、どうなったことを指しているのか。

「でも、ヨッちゃんて。そんなわけ」

「そうそう、ヨッちゃんといえばねえ。奈津子が転校して馴染めないでいたのを色々手助けしてくれたっていう子で。あの子、怪我なかったとはいえ現場でそのヨッちゃんが仏さんになったとこ見ちゃったから、大変だったのよ」

　当時のことを思い返すように母はうんうん頷いているが、奈津子にそんな記憶はない。動かない頭が、耳から入ってきた情報をかろうじて捕まえていた。ヨッちゃん。爆発。

仏さん。そんな記憶は、なかったはずなのに。「うそ」と、絶望のような嘆きの声が出た。

「うそでしょ、そんなの、人が死ぬなんて事故、目の前で起きたら、忘れるはずない」

「だからねえ、そこなの」

母はきっと奈津子の方を向くと、鼻先にぴっと人差し指を立てた。目はしっかりと奈津子を捕えているが、表情はどこかとろんとしている。

「うちの次女ね、ほら、爆風のショックもあるんだろうけど、目の前であんなことがあったから、しばらくご飯も食べれなくて、夜も大声上げて飛び起きるようになって。可哀相でねえ」

奈津子に対して、話す内容は『次女』についてのことだ。恐らく、今、母にとっては『誰か』に娘についてのことを語っているのだ。

「うちの旦那、ほら、中学の先生やってたでしょう。直接の責任はないんだけど、沢山の児童が亡くなって、同じ場所にいた自分の娘が無傷っていうのも、随分座りがわるい思いだったらしくて。それもあったせいか、寝てる時に悲鳴上げて泣く次女ぎゅーって抱いて、『忘れなさい、忘れていい事だ、忘れていいんだ』って、言い続けたのさ」

いつのまにか、同じテーブルで食事をしていた他の入所者も母の話に聞き入っているのが奈津子の視界の端に見えた。しかし、奈津子は母の視線から目を逸らせないままでいる。話が耳から入り、意味を咀嚼し、理解するまで、妙に時間がかかっていた。

「したら、半年ぐらいしたら、本当に忘れたのよ。時々夜中に悲鳴上げるのは結局直んなかったし、亡くなった子たちには悪いけど、私も旦那もほっとしたわ。ほんと、娘があの事故忘れてくれて良かったわあ」

うんうんと頷きながら、母は味噌汁を口に含んだ。母の記憶に嘘があるとはもはや思えず、しかし語られた内容への驚きに、奈津子は喉を震わせた。

「じゃ、じゃあ、クジラは。クジラは爆発していないの？」

「クジラ？」

母は味噌汁の椀と箸を置き、椅子の上で座る向きを変えた。

「クジラなんて爆発してないよ」

母の目はまっすぐ奈津子を見ていた。認知症特有の、一部の筋肉が緩んだような顔ではなく、意思と緊張を伴って娘に言葉を投げかけているように見えた。

奈津子はその夜、釧路駅前のビジネスホテルに泊まった。今日中に札幌に到着する特急はもうない。明日の早朝に着く深夜バスならば探せば予約できたのかもしれなかったが、動揺している今の状況で移動したいとは思えなかった。

ベッドがほとんどのスペースを占める小さな部屋で、奈津子は夕食をとりに出かけることもなく、浴衣に着替えて寝転がった。フロントで借りた充電ケーブルをスマホに繋いで、ひたすら調べものに没頭した。

釧路

昭和

海岸

小学生

爆発

母が語っていたことから得た幾つかの断片を入力して検索すると、答えにはすぐにたどり着いた。

昭和四十年。確かに奈津子が小学六年生の時の事故だ。

釧路の海岸に炊事遠足に出かけていた小学生が、流れ着いていた鉄の塊に、竈《かまど》に丁度いいと火種を設置して調理を試みたところ、爆発。鉄の塊は旧日本軍の爆雷で、火薬が内部に残っていたものと思われる。

死者、児童四人。重軽傷、教師二人を含む三十一人。

小さなスマホのディスプレイに並ぶ文字はひどく無機質なのに、奈津子の脳裏にはパズルが自動で組み上がるかのように画像が次々と浮かび上がってくる。

調理されかけのカレーライス。炊事遠足という非日常ではしゃぎ回る児童たち。そして、爆音と悲鳴。泣き叫ぶ子どもの声。血に塗《まみ》れて横たわる人体。飛び散った肉片。動かない『ヨッちゃん』と、辺りにたちこめる血と火薬の臭い。

私が腐ったクジラと思っていたものの正体は、これだ。目の前で多数の死傷者が出るという事故は、むしろ、忘れようのない惨禍だった。母の言ったことが正しければ、消えず黒々と残ってしまった傷に、父はモルタルを塗り重ねるように繰り返し繰り返し忘れるように諭したのだ。だから、思い出せずにいた。

パズルの最後のピースがはまり、奈津子はベッドの上で呆然《ぼうぜん》とした。母の言ったことは、認知症とは関係なく、確かだ。

「うそ。まって。じゃあ」

呆然と、ベッドライトだけに照らされた暗い部屋で奈津子は呟いた。

「こんなのが。こんなことが、私が求めてたことだっていうの」

自分を形作っていた記憶の一部が決定的に異なっていた。しかも、自分の中で空洞になっていたのではない。むしろ、埋め込まれて見えなくなっていたのだ。

クジラなんて爆発してない。

爆発したのは、同級生と、そして、ヨッちゃんだ。

そうだ、私は爆発事故を、父が忘れるように諭すうち、どういうわけかクジラとすり替えて記憶していた。

そして、転校後に仲良くしてくれたヨッちゃんの姿を、霧多布にいた頃の他の同級生の姿に投影して覚えていたというのか。

奈津子は顔を両手で覆って枕に頭を埋《うず》めた。手の内側で、涙も、嗚咽《おえつ》も、何も出てはこない。ただただ、忘れ去っていた自分にじわじわと嫌悪が溜《た》まっていく。

結局のところ、何かが変わるわけではない。今真実が分かったとしても、物も、人の心も、何も動かすことはない。誰のことも助けられない。自分の気持ちがすっきりする訳でもない。

思わぬところに現れた出口は、しかしその先に道が用意されていることはなかった。記憶の中のヨッちゃんの笑顔がぼやける。人間らしい哀悼ひとつ浮かばない自分の心持ちに絶望して、奈津子は泣いた。


海霧に似たもやの中で、悪戯小僧の声がする。

「夜の港にクジラのお化けが出るってよ」

「俺も上級生から聞いたー。夜釣りに連れて行ってもらったら、真っ暗な中、クジラの工場付近で青く光る塊が見えたって。あれ絶対、クジラの人魂だって」

夢の中の奈津子は、これが夢だと分かっている。そして、過去にあったことを夢で見ているのだとは最早《もはや》思わない。もう自分の記憶を決定的に信用できなくなっていた。

クジラの魂なら人魂ではなくクジラ魂なのではないか、というのは奈津子が大人だからこそ思うことだ。ただ、夢の中で、男の子が必死にまくしたてている様子を見ると、思わず頬が緩む。

「だから絶対、夜の海には、港にも砂浜にも絶対に近づくなって、じいちゃんも言ってた。クジラのお化けが、きっと人間捕まえて海に潜って殺しちまうんだべ」

夢の中、少女の奈津子は心底恐ろしくなり、家に帰って父の帰りを待つ。

帰宅した父は、優しい笑顔を見せると、膝の上に奈津子を抱き上げ、頭を撫でた。

「ああ、そりゃ、クジラの骨の中にあるリンが光ってるんだろう。お化けなわけがない。ただの化学反応だ。お父さんも見たことはないが、あれだけ大きな骨なら盛大に光るだろうなあ」

「でも、骨が光るなんて、なんか怖い」

「まあなあ。でも人間の骨も光るらしいから。そうだな、蛍の光みたいに考えておけばいい。蛍も夜にぼうっと光るし、その仕組みを分からなくても、別に怖いと思わないだろ？」

うん、と膝の上の奈津子は頷いた。

「しかしまあ、クジラのお化けはいなくとも夜の海に近づくのが危険なのは間違いない。夜は海に近づいたら駄目だぞ」

もう一度、奈津子は深く頷く。言われなくても、真っ暗な海に近づくのなんて御免だった。想像していると怖くなって、奈津子は慌てて他の話題を探した。

「じゃあ、クジラの骨は、どっかに持って行って捨てるの？　焼いてお骨にするの？」

「人間ではないからなあ。クジラの骨は、いいやつはパイプとか木刀、いや骨刀にするとか聞いたな。大部分は、煮て油を抜いたあとは砕いて肥料にするらしい。あと、塊のまま道内の製糖工場に持って行くって聞いたことがある」

「製糖工場、って、お砂糖？　お砂糖にクジラの骨混ぜるの!?」

まさか、愛してやまない真っ白な甘味に、あのクジラの骨を砕いたものが混ぜられているのか。料理や菓子にまでこっそりとあの骨が、骨を粉にしたものが、そ知らぬ顔をして白い粒子に紛れ込んで入っているというのか。

「やだそんな、気持ち悪い！」

奈津子の悲鳴に似た叫び声に、父は珍しくあっはっはと口を開けて笑った。

「違う違う。豚のエサじゃあるまいし、クジラの骨を砂糖に混ぜてるわけじゃない。聞いたところによると、砂糖の原料の砂糖大根ってのは、精製過程で煮るとものすごいアクが出るらしい」

「あんこ作る時に小豆煮たらアク出るのと同じ？」

「うん、多分そんな感じかな。で、砂糖大根を煮て、そこに油が抜けてかすかすになったクジラの骨を入れると、細かい穴がそのアクをくっつけてくれるんだと」

「へえ、アクを」

奈津子は母が冬に小豆を煮た時、アク取りの手伝いをしたことを思い出した。お玉ですくってもすくっても、アクはしつこく浮いてくる。奈津子は試しに指先にアクをつけて舐めてみた。砂糖の甘みと、舌にしぶとく残るえぐみ。なるほど、こまめにアクを取ると、この味が除かれて美味しいあんこになるのだ、と納得したものだった。

ならば、砂糖工場で使われるというクジラは、鍋でえぐいアクを集めているのだろうか。そのクジラの骨は、舐めたらえぐみと共に、砂糖の甘さもその身に沁《し》み込ませているのだろうか。

砂糖液の滲《し》みた、少しえぐくて甘い骨。舐めたら、きっと舌で表面のぶつぶつを感じられる。それは煎餅《せんべい》のような舌触りだろうか。それとも、黒砂糖の蜜をたっぷり沁み込ませた麩菓子《ふがし》みたいなものだろうか。

甘い骨。それは、口にする機会は絶対にないであろうからこそ、奈津子の想像の中では慣れ親しんだ駄菓子にも、至上の美味にもその味を変えた。

厳しいけれど優しく頼れる父の膝の上で、甘い骨の想像は奈津子の心を満たし続けた。

奈津子は暗闇の中で目が覚めた。遮光カーテンを開けると、東の空で太陽が昇り始める頃合いだった。

特急の始発時間を確認して、身を起こす。昨夜はシャワーを浴びず、歯も磨かずに眠ってしまった。顔の表面が涙と鼻水でがびがびだった。あらゆる臭いが、鼻先、全身、そして口の中にもたちこめているような気がする。

急いで湯を浴びて歯磨きをする。服が三日着た切りすずめなのは仕方がないとして、下着は途中のコンビニで買って替えることにした。

昨日、スマホで調べてみたところによると、炊事遠足に行った海岸は、現在は海に面した公園として整備されているとのことだった。その一角には事件の鎮魂碑が設けられ、爆発事件の概要と亡くなった子たちの名が刻まれているという。

奈津子は少し迷って、結局それを見に行かないことに決めた。

きっとそこには、ヨッちゃんの本名が刻まれている。それを目にすれば、きっと、自分の心の中でケジメがついてしまう。もしくは、ケジメがついたものと心が決めつけてしまう。

現場をこの目で見て悼むより、曖昧な記憶を頼りにした方が追悼の心が守られる。それはヨッちゃんに、他の亡くなった子たちに対して不実だろうか。誰に許しを得るでもないが、どう行動しても自分が凄惨な死を目にしたことは変わらない。ならば、淡々と生き、気まぐれにでも過去を偲《しの》んだ方がいい。

それに、もしあの時の記憶がより鮮明に蘇ってしまったら、奈津子には自我を保てる自信がなかった。あの小六の、まだ弱く小さかった私は、友人が簡単に傷つき死んでしまう事故を本当に怖がったことだろう。あの恐れが蘇ってしまったとして、ヨッちゃんの変わり果てた姿を思い出してしまったとして、自分を守り、暗示をかけてくれる父はもういないのだ。

特急は予想通り空いていた。自由席の、進行方向に向かって左手、窓側。行きの時に眺めた海岸が見える席だ。

意識は未《ま》だぼんやりとして、整合性のとれたはずの記憶がまだ熱を保っているため触れない。自分が生き残ったこと、その記憶を封じていたこと、それが蘇ったこと。なにひとつ、奈津子の中で評価ができず、両の目尻に涙の粒が浮かんだ。

ヨッちゃん。霧多布。釧路。何か。どうか。どうして。

言葉にならない思いが溢《あふ》れて、今、札幌の家族のもとに帰ろうというのに、ひどく自分が一人ぼっちのように思えた。霧多布の解体工場で見た、大きな大きなクジラの腹の中に閉じ込められて、そのまま誰も知らないどこかへ遠ざけられてしまったようにさえ感じる。泣いても叫んでも、もう戻ることはない。それは、私が記憶の襞《ひだ》から一方的に追いやっていた子たちの心残りそのものではなかったか。そう私が思うのは、ただの欺《ぎ》瞞《まん》だろうか。

　コートの胸ポケットに入れてあったスマホが震えた。夫からのメールだった。さっき特急が札幌に到着する時間を送ったので、その返事だろう。そう思って奈津子は画面を開く。

『大丈夫か。駅まで迎えに行くから』

　それだけの文面に、涙が出た。確証は何もないけれど、自分でも気づいていなかった自分の傷みについて、きっと夫は気づいていた。奈津子にはそう思えた。そうだ、もし眠っている間に悲鳴を上げたりうなされたりしていたなら、夫が知らないはずはないのだ。父から何か聞かされていた可能性もある。そして、それをけっして私本人に告げない。そういう人なのだ。

　奈津子は涙を拭おうと、ズボンのポケットに入っているハンカチに手を伸ばした。体をひねった拍子に、視界の端に白いものが映った気がして息を吞む。すぐに窓枠にかじりついた。流れていく浜辺の風景の中に、大きく白いクジラの骨が落ちていた気がしたのだ。

　ただの流木だったのかもしれない。あるいは何もないのに、ないはずのものを勝手に幻視したのかもしれない。分からないまま、奈津子は窓枠に額を押し付けて泣いた。身内のしがらみも、過去への後悔も、生きたいと思う心ですら身体ごと奪われたヨッちゃんのために、祈りに意味があるのだと思いたかった。

浜辺にたちこめる血の臭いも、腐臭も、記憶からすり抜け溶けていく。清潔で清廉な空気の中で、もう蘇ることはない。

東《とう》陬《すう》遺事

潮の匂いが変わった。鼻の奥をくすぐる海の香りに、海藻の強い匂いが混じる。そして長い時間をかけて堆積した泥の香り。

薄暗い船室で僅かなその変化を平左衛門《へいざえもん》は感じ取った。ネモロ（根室《ねむろ》）の湊《みなと》を出てから風向き自体は特に変わらないというのに空気の質が大きく変わったのは、目的とする場所が近いからであろうか。

平左衛門が船頭から借りている船室から出ると、まず眩《まぶ》しさに目を細めた。それから月代《さかやき》と昏のあたりに細かな水気を感じ取る。空は低い雲に覆われて海上を鼠色《ねずみいろ》に染めている。花曇り、というには暗すぎるし、なにより時期的に早すぎる。この地ではようやく海の氷が姿を消した頃なのだ。

霧雨が混じっていた。外に出た時に眩しく感じたのは、この水気が光を反射していたせいらしい。そして気温はやはり低い。平左衛門は無意識のうちに身を硬くしたが、船上では水主《かこ》たちが寒さをものともせず、尻をからげたままおのおの作業に専心している。

「山根《やまね》様。見えて参りました。野付《のつけ》でございます」

丁寧な声が背後から掛けられる。船頭が荷の上に立ち、腕を水平に伸ばして一点を指している。その方向、船からみてやや左手前方を見ると、うっすら海霧に覆われて陸《おか》が見えた。陸地といっても起伏が極端に少なく、海上に長々と蛇が横たわっているような印象を受ける。水平線とほぼ平行である低い陸地のそれは、巨大な砂嘴《さし》だった。

平左衛門は懐から一枚の紙を丁寧に取り出した。

幕府が調査を重ねた果てに作らせた略式の俯瞰図《ふかんず》である。そこに描かれている野付半島はじつに奇妙な形をしている。

蝦夷地《えぞち》の東部、ネモロの半島とシレトコの半島の中間あたりの海岸から、クナシリ島の方へ東に向かって指のように細い陸地がまず延び、それがゆるやかに南東の方角へと曲がり、先端が僅かに西へと向けられてそこで尽きている。

日本《ひのもと》の外縁、その極北に近い一地点で、まるで巨大な龍の指が珠《たま》から離れ、日出《ひい》づる東へと尖《とが》った指を伸ばし、太陽を招いているようにも見えるのだ。手元の地図と眼前に茫洋《ぼうよう》と広がる野付半島を見比べながら、平左衛門はそのような感想を抱いた。東蝦夷地からネモロ水道へと注いでいる数々の河川が、奥地から砂や泥を運んできて堆積し、このような奇妙な半島を形作ったのだという。

寛政十一年、東蝦夷地を仮直轄地とした幕府はここ野付に通行屋を設け、蝦夷地本土とクナシリ島を往来する船舶を管理、把握するようになった。

またここは鰊《にしん》や鮭《さけ》に恵まれた海域であり、漁場として、更には魚滓《うおかす》という江戸時代後期において重要な役割を占めた商品の生産地として賑《にぎ》わっていた。

　船が更に近づくにつれ、海岸のそこかしこに大小の番屋が点在しているのが視認できる。いずれも傍《そば》に大きな干し場を有し、鰊の漁期にはこのような東の僻地《へきち》でも干鰊《ほしか》が大量に作られるのかと平左衛門は感心した。

「通行屋まではもう少しでございますが、なにせ海底が浅《あそ》うございますので、この辺で碇《いかり》を下ろします。いま暫《しばら》くお待ち頂きたく」

　黒羽織を纏《まと》い、畏《かしこ》まった船頭が頭を下げる。船の操舵《そうだ》と責任を担うのはこの男なのだから、客とはいえ自分のような者に莫迦《ばか》丁寧《ていねい》な態度を取る由はない筈《はず》なのだがな、と平左衛門は内心堅苦しく感じた。だが仮にも幕府の役人という、自分が与えられた立場を考えると致し方あるまいか、と思い直して頷《うなず》いた。

　船頭に指示された若衆らが浅瀬を渡る伝馬船《てんまぶね》を用意し始める。その無駄のない作業を眺めてから、ふと平左衛門は空を見上げた。

「鳥が多いな」

　ええ、と傍らに立っていた船頭も空に目をやる。低い雲の下を、二羽の鳶《とび》が悠々と弧を描き飛んでいた。

「ここは浅瀬や灌木《かんぼく》のために渡り鳥が羽を休めることが多いようで」

「ほう」

注意して見渡せば、水辺には嘴《くちばし》の長い鴫《しぎ》、草叢《くさむら》には小鳥が隠れているようで、会話の間にも彼らの鳴き声が数種混ざって聞こえてくる。船頭は藪《やぶ》の一点を指した。

「瑞鳥《ずいちょう》でございますよ」

よく目をこらすと、浅瀬に白い縦長の影が見える。その鳥は長い足を動かすと地面をつついていた頭を上げた。体の形から鷺《さぎ》のように見えたが、頭頂部に鮮やかな赤い冠がある。丹頂鶴《たんちょうづる》だった。

「運がよろしゅうございましたな。あの鳥が見られた日は潮の加減が良いように思われます。山根様の道行きも、幸先宜《さいさきよろ》しいかと」

「ああ、是非あやかりたいものだ」

めでたい、めでたいと船頭は両手を合わせ、平左衛門もそれに倣って今後の無事を祈念した。


山根平左衛門は幕府の役人である。齢《よわい》は三十《みそじ》を一年越したあたり。勘定方の役人で、田沼政治期にみられた学究熱心な幕臣の影響を受け、部屋住みの頃から北方の地理やら測量の技術を学んでいた。はじめは新しい物事への純粋な好奇心からであったが、やがて世の移り変わる空気を仄《ほの》かに感じ始めてその熱心さを増していくこととなった。

天明五年に最上徳内《もがみとくない》が東蝦夷地や千島《ちしま》を探検してから下ること四十余年。長く蝦夷地の権利を有していた松前藩から幕府が東蝦夷地を、続いて蝦夷地全体を直轄とし、やがて様々に綻びを生じて結局松前藩が復領してから五年が経過していた。

太平の世が長く続いた徳川の御世《みよ》も、後の世からは江戸時代後期と呼ばれることになるこの時期、水面下で様々に変化の兆しが見え始めている。ここ蝦夷地に限っていえば、ひとつには外交、この場合ロシア本土からカムチャッカ、そしてクリール（千島列島）へと進出してきたロシアとの問題があった。

鎖国体制下といっても江戸幕府は外国に対して一切の無視と無関心を通したわけではない。長崎では清《しん》、オランダと交易を続けていたし、諸外国の情勢に対しても、自らは門を鎖《とざ》しているからこそ、その動向については神経質になっていた節があった。ロシアに関しては工藤平助《くどうへいすけ》なる藩医が『赤蝦夷風説考』を著し、ロシア南下の可能性と蝦夷地開拓の必要性を説いて、幕府もこの考えを重々容《い》れていた。

大国であるロシアが、未《いま》だ幕府が御しきれていない、しかし確かに自分達の領地だと認識している蝦夷地にまで硝煙の匂いと共に南下する、という可能性は、およそ国内の領地問題にばかり数百年も捕われてきた日本の為政者の心胆を大いに寒からしめたのである。

こうして幕府も松前藩も、密《ひそ》やかに迫り来る時流の転換点と共に、意識の改革を求められた。改革、あるいは革新であったろう。単純かつ純粋に蝦夷地の沿岸からもたらされる鰊滓、昆布《こんぶ》、塩鮭について算盤《そろばん》を弾《はじ》いていれば良いという時代は終わりを迎えたのである。

それに伴い、幕府は蝦夷地における漁業資源以外の活用を考え始めた。既に蝦夷地に和人《わじん》が流入した際にめぼしい砂金などはほぼ全て拾い取られてしまっていたが、他の鉱物、農林業の可能性など、これまで海にばかり目を向けてきた和人もようやく、陸地に眠る財産に着目し始めたのである。

幕府は蝦夷地各所に能吏を送り、かの地の多目的価値について詳細に検討する運びとなった。人選は地位役職ではなく蝦夷地での調査経験や有識者の推薦が考慮された。

このような経緯《いきさつ》を経て、師の一人の紹介を受けた山根平左衛門は、東蝦夷地、特にネモロからクナシリ、エトロフの詳細な検分と資源調査の役に任ぜられたのである。

船は弁財船《べざいぶね》とも呼ばれる北前船であった。高い帆柱と特徴的な白い一枚帆が風を巧みに捉えて北海を往《ゆ》く。

西日本で米や塩などの日常必需品や蝦夷地で需要のあるあらゆる物資を積み込み、城のある松前をはじめとする蝦夷地の各所でそれらを売るのである。空の船には昆布、鮭、俵物と呼ばれる干鮑《ほしあわび》類や金肥となる魚滓を大量に積み込んではまた南へと帰っていく。

江戸から太平洋側を経由する東廻《ひがしまわ》り航路で箱館《はこだて》に入っていた平左衛門は、寄航する北前船のうち、蝦夷地東部にあるクナシリ島の場所まで足を延ばす船に同乗することとなった。

平左衛門にとってはアッケシ（厚岸）場所から更に東へと渡ったのは初めてのことである。彼は昨秋の着任当初は松前城下で情報を集め、そのまま一冬を越していたが、東蝦夷地から海氷が消える春にようやく、足を延ばし本格的な調査に入ることが可能になったのである。

東蝦夷地は松前や箱館と同じ蝦夷地と一続きになっているにもかかわらず、海から見える景観も異なるような気がして、平左衛門は身動きもせずに近づく野付の地を眺めていた。

とりたてて背が高いわけでも低いわけでも、体つきが良いわけでもない、どちらかといえば印象の薄い風体をしている平左衛門だが、自分の知らないことに対する好奇心はその眼差《まなざ》しから溢《あふ》れており、これから踏査すべき地に生き生きと思いを馳《は》せていた。

野付通行屋は半島先端部にほど近い、海岸に囲まれた陸地に建てられていた。ぐるりと土塀で囲まれ、対人の為《ため》というよりは野生動物に対してなのか、塀の上に矢来が巡らせてあり、ものものしい印象がある。

建物自体は木で作られた平屋敷で、幕府や松前藩の役人が逗留《とうりゅう》する場ということもあり、門がしっかりと設けられて威容を誇っている。設《しつら》え自体も相応に手が込んでおり、他の番屋とは明らかに外観が異なっていた。

これより平左衛門がこの地域を調査するにあたっては、この通行屋が本陣となる。寝食はもちろん、幕府の官吏ということで個人としての部屋も用意され、随意に使えることになっていた。

通行屋では番屋を取り仕切る番人たちの他、通詞《つうじ》を務める加藤伝兵衛《かとうでんべえ》という男が門の前で平左衛門を待っていた。立場上はネモロ場所の支配人に雇用されている民間人だが、この地における通詞の重要性と役人に接するという役割上、黒の羽織袴《はかま》に月代を剃《そ》り上げている。平左衛門より幾らか年嵩《としかさ》であろうか。小柄で穏やかそうな微笑を崩さない様子は、人のよい商人を思わせた。

その中には下働きと思《おぼ》しき男が四名、女中が二名いた。そのうち女の片方の近くに五歳ほどであろうか、娘らしき子どもが大人達と同様に頭を下げている。

船の水主らが平左衛門の荷を運ぼうとしたところ、男の一人が丁重にそれを受け取り屋敷の中に運び始めた。通行屋の下男であるらしい。月代を剃らずに総髪を後頭部で堅く縛っている。幅の広い顎は鬚《ひげ》で覆われ、がっしりとした体つきはいかにも力が強そうであったが、歩き方が奇妙というか、妙に膝を高く上げる独特の所作をしていた。

「足が悪いのか」

平左衛門が声を掛けると、男はへい、とこちらを見ぬまま丁寧に頭を下げた。落ち着いた声だった。

「むかしに、凍えて指がもげました」

凍えて、というのはどういうことか平左衛門は一瞬、理解できずにいた。彼が育った関東は冬が幾ら寒くともしもやけがせいぜいで、指が無くなることなどない。しかし、ここ野付では道理が異なり、凍傷ともなれば指を切る羽目になるのだろうか、と思い至った。同時に、未だ体験したことのない冬の寒さを想像して背筋を冷やした。

「指が無いなら荷物を運ぶには辛《つら》かろう。やはり船の若衆に頼む」

「いえ」

男は首を振り、特別に苦でもないふうで行李《こうり》を肩に載せて歩き始めた。傍らにいた加藤伝兵衛が、笑みを絶やさないままに男の肩をぽんと叩《たた》く。

「この男の膂力《りょりょく》はつよいのです。どうぞご心配なさいますな」

伝兵衛の言葉に男は頷いて応じると、黙々と荷物を運んでいく。その歩みは独特ながらしっかりとしており、確かに、言うだけのことはあるようだった。

その日は船頭も共に通行屋に泊まり、平左衛門は伝兵衛から歓待を受けた。この船が運んできた上方の清酒が早速出された他、地元の魚介を使った料理が塗りの盆で幾つも運ばれてくる。

見れば江戸前の海産はもちろん松前の魚介とも違っており、見慣れない貝の膾《なます》や鮭の塩引きを汁に仕立てたものはいずれも初めての味だったが、平左衛門の舌になかなか旨《うま》く感じられた。

松前でそうであったように、米は白米であった。蝦夷地では稲作が不適である故に穀物はほぼ全て船で運ばれてきた米に限られるのだが、高位の役人から一般の庶民まで全土で食されるのはほぼ白い米であった。

この時代、米の産地である内地の農民や庶民が白い米を食せずにいたのとは対照的であり、それだけ蝦夷地が産する海産品の商品価値が高いことを意味していた。

平左衛門は通詞の伝兵衛から幕府の意向やら情報をどれだけ保有しているのかと探りを入れられるのではないかとの腹積もりで宴に臨んだのであったが、当の本人はこちらに過度の探りを入れることはなく、専ら船頭から潮の調子や大坂などの消費地で今どの種類の昆布が求められているか、などといった話を好んで聞いていた。

平左衛門も特に水を向けるでもなく気分良く箸を運び、酒と話を純粋に楽しむことができた。

歩で散策した。


翌朝、クナシリ場所へと向かう船を見送って、平左衛門はまず野付通行屋の周辺を徒歩で散策した。

伝兵衛が案内を買って出た。警戒は解かないし、伝兵衛も自分に対して人を量っている節があったが、あえて拒まず、努めて障りのない質問やらをしながら周囲を観察した。

うっすら霧に覆われた集落は極端に色彩が乏しい。関東であれば既に緑多い春の時期だというのに、此処《ここ》は未だ植物に生の息吹は感じられず、昨年枯れた葉や茎がいじけたように地面に張り付いているだけだった。そこかしこには雪の塊さえ汚らしい色となって残っている。そんな中で社《やしろ》にある、鳥居の朱がいやに明るく目に付いた。小さな社だがきちんと大工の手が入っているらしく、手入れも充分に為《な》されているようだ。思わず平左衛門はほう、と感嘆の声を上げる。

「かような場所に丁寧な設えとはな」

「金毘羅《こんぴら》様をお祀《まつ》りしておるのですよ。船の安全はやはり、このあたりでは一番の憂いごとでございますから」

そう言って伝兵衛は目を細めて手を合わせた。

ネモロ、野付、クナシリは距離こそ短いが南北それぞれにある広い海域の接点であるという立地上、潮の流れが複雑で激しい。天候もこの地域に慣れていない船頭には読み辛く、朝はべた凪《な》ぎであっても日中には強い風に翻弄されることもある。

そのような中で船を航行する以上、神仏に縋《すが》りたいというのはごく自然な流れであった。平左衛門は野付の前に逗留したネモロ場所にも金毘羅の大きな社が設けられていたのを思い出した。

東蝦夷地において、建物に使われている材は地元の松のほか、通行屋に至っては柱に松前から運ばれてきた檜《ひのき》さえ使われていた。いずれも寒さ故に年輪の幅が狭いのか、柾目《まさめ》がよく締まって美しい。

その上質な檜材が、無造作に置かれている鰊網の浮きにも使われているのを目にして、平左衛門は大層驚いた。本来は下駄《げた》などに使われそうな良い材である。俵物や鮭同様、干鰊が当地にとって重要な産物であるということをありありと示しているのだった。そのくせ番屋は周囲の流木さえ使った掘っ立て小屋で、大きな波でも寄せれば攫《さら》われてしまいそうであった。

正午が近づき太陽の角度が高くなっていくのに伴い、徐々に空が晴れていく。外洋をみればクナシリ島に形の良い山が堂々と横たわっていた。冬明けてなお白々と雪を被《かぶ》った稜線《りょうせん》が美しい。

蝦夷地本土のうち、南のネモロ半島は平坦《へいたん》な陸地のため水平線の上にうっすら地面が見えるのみだが、北側には高い山々がそびえ立つシレトコ半島が見える。いずれの嶺《みね》も覆った雪が複雑な筋を描いており、峻険《しゅんけん》であることが分かった。

外洋側からは常に強い風が吹き付け、荒々しい波頭が飛沫《しぶき》を上げている。海岸も砂ではなく粗い礫《こいし》が多い。伝兵衛によると、この強風のため、人間の身体《からだ》など時に風に流されて上半身が仰《の》け反《ぞ》るほどであるという。木々も同様に風に耐えて根を張っているのか、樹木はみな幹も枝も風に流されるような格好のまま伸びている。

特に東海岸に近づけば近づくほどその傾向は強く、枝がべたりと地に伏しまるで海に畏まっているようにさえ見える。海から離れるごとに強風の猛威から解放されるのか、徐々に木は垂直に立ち上がり始め、このため東から西にいくに従って同じ種類の木でも樹高が徐々に高くなっていくのだ。その褪《あ》せた緑の群れが平らなはずのこの地形を、まるでゆるやかな丘をなしているように見せていた。

クナシリ島の見える東岸と反対の西側汀線《ていせん》、対岸に蝦夷地〝本土〟を望む内海側は、堆積する砂や泥が外海に洗われずに残っているせいか、実に複雑な形状をしている。海が鋭く西海岸を抉《えぐ》って半島を千切らんばかりに細めている部分があれば、ゆるく土を溜《た》め込んで洲《す》をいくつも作っている箇所もある。

半島はほぼ砂で出来ている筈で、儚《はかな》げな陸地である筈が存外長くこの状態であるらしく、茂る楢《なら》や松の林には随分と太いものが散見できた。

それでも繰り返し潮汐《ちょうせき》に洗われ続けているのか、特に内海側の木々は一部が海水のため枯れ果てていた。半島の先端、僅かに本土側に角度を変えた地点では松、それより僅かに半島の根元に上った部分では、楢の立ち枯れが多い。

いずれもかつては繁茂していた森が塩水に侵され、木々は逃げ場を失ったように枯れて葉を落としては湿地帯に立ちすくんでいる。さらに潮風に洗われ白くなった幹は、生き物の白い骨が倒れることもままならず晒《さら》され続けているようにも見えた。

奇観、といえるであろう。平左衛門は蝦夷地をじかにこの目で見、その生命うなる有り様に驚いてきたものだが、こうまで死が静かに積み重なった光景は見たことがなかった。

そして群れなす鳥ども。平左衛門が最初に船頭に教えられたように、ここは鳥の半島でもある。上空を旋回している大型の猛禽《もうきん》、水辺で砂をつついている鷺や鴫、草木の間を飛び回っている小鳥など、見たことがある種類も初見のものも含め、視界をどこへ向けてもそこに何がしかの鳥がいる。そしてひっきりなしに鳥の声がどこからか聞こえる。

夥《おびただ》しい数で住みついている。或《あ》いは、渡りの拠点として憩っている。初日に平左衛門が目にしたあの丹頂鶴も、この地に住まっているのだった。

伝兵衛の説明によると、この砂嘴は南北を飛ぶ渡り鳥にとって絶好の条件を有した経由地であるという。なるほど、内海の浅瀬にはいかにも小魚が漂っていそうだし、半島周辺の森林帯や灌木は営巣するにはもってこいであろう。

平左衛門は鳥の鳴き声に耳を傾けながら半島の付け根へと近づいていきていた。本土の様子が浅い内海を隔ててよく見える。楢林が延々と続く景色を眺めやると、しんと静まり返った木々のあわいに奇妙な影を数多《あまた》見つけてぎょっとした。

木の枝のそこかしこにとまった青鷺の群れが、いっせいにこちらを見ているのだ。その数は数十かそれ以上もいるだろうか、両の目を見開き、ただ一点に歩く人間二人の姿を、あるいは平左衛門一人のみを見据えているようにさえ思えた。

平左衛門の故郷、関東で青鷺といえば、田圃《たんぼ》で突っ立っては愛嬌《あいきよう》のある顔で人間を眺めている鳥だったのだが。これだけの数が、一そろいに同じ視線を自分に送っている様子を見ていると、なにやらそら恐ろしいものさえ感じた。

無言のまま、笠《かさ》をとって平左衛門は鳥達が佇《たたず》む渚《なぎさ》の風景を眺めていた。今は風が止《や》み、波音が聞こえなくなっていた。鳥の声しかしない。しばしこの静かな空気に身を浸していた平左衛門に、独り言のような伝兵衛の声が届いた。

「かつて浄土の風景だと仰《おつしや》った御仁がいらっしゃいました」

その視線は平左衛門を越えて、こちらを眺めている青鷺の群れを越え、何処《どこ》か遠方へと向けられている。

「幾ら鳥獣ばかりといえど、奇景の園といえど、我々が居《お》りますれば確かに此処は人界の一部に違いなく、最早《もはや》浄土などではありますまいに」

平左衛門が意味を量りかねて、伝兵衛を見詰めると、彼はぬるい微笑を湛《たた》えていた。

そこに確たる感情の主張はなく、どこか彫り損ないの仏像のようにも見えた。

平左衛門が数日を踏査に費やすうち、少しずつ日の光が強くなっていった。春が深まる。

ここ野付半島は鮭と鰊の良産地であった。秋は川に遡上する大型で味の良い鮭を塩引きにしたものが、将軍家へ毎年献上品として納められるほどだった。そして春にはやはり、鰊である。

漁場には人が増え始めていた。近隣にあるネモロ、シベツ、ニシベツの集落から雇用された蝦夷《えみし》（アイヌ民族）の男衆が派遣されてくる。野付半島に点在する番屋には番人と呼ばれる和人も監督役として集まってきていた。

そして各々、やがて始まる鰊漁の準備に余念がない。誰もが、海を白く染めて鰊が群来《くき》る時を待ち望んでいた。

鰊。春の北海を銀の鱗《うろこ》で埋め尽くす、群棲《ぐんせい》性の強いこの魚。

この頃、和人にとって蝦夷地の重要産物といえば昆布、鮭、そして鰊であった。昆布と鮭は直接人の口に入るものだが、鰊は事情が異なる。江戸期が爛熟《らんじゅく》を迎えると、従来の自給経済に加えて商品経済が発達して貨幣が爆発的に流通し、それがさらに商品作物の作付けを生んだ。ことに、西日本における木綿の栽培はこの頃著しく増えた。従来の麻生地に代わり木綿生地が庶民の間でも一般的になったからである。

木綿は生産力向上のためには大量の施肥を要する。動物性肥料が特によく、干鰯や鰊滓が必要とされた。とりわけ鰊滓は最良とされた。獲《と》れた鰊を釜で炊き、油を抜いた滓を天日干しにしたものである。

蝦夷地は鰊の好漁場であった。しかも、群来を捉えれば豊かな漁が可能であり、さらに人手があれば一度に大量の鰊滓を生産できる。

年経るごとにいや増す金肥の需要に伴い、蝦夷地沿岸に競うようにして本格的な漁場が設けられ、鰊滓の生産は倍増していった。

鰊漁には人手が要る。網を引くのは勿論《もちろん》、獲れた鰊をかたはしから大釜で煮る者、煮た鰊から油を絞りその滓を天日干しにする者……。漁場が大きければ大きいほど、人手はいくらあっても足りなくなった。

もっと人を。出来ることなら扶持《ふち》の安い。当然、漁場の経営者である支配人はそう考える。やがて、労働の担い手として蝦夷が使役されるようになった。

蝦夷地に古くより根ざしている蝦夷の人びとは、平左衛門には非常に興味深く思われた。松前藩の直接支配から幕府の直轄となった後は多少彼らに対する態度は弛《ゆる》められたとはいえ、和人によるけっして対等とはいえない関係が未だ尾を引いている。

彼らの文化習俗は平左衛門が属する和人のそれとはまるで異なる。彼らは身を寄せ合うようにして集落を作り、獣を狩り、魚を漁《すなど》り、わずかな畑地を有して暮らしていた。和人が蝦夷地に進出し、その資源に商品価値を見出《みいだ》して以降は、双方は基本的に物々交換を（多かれ少なかれの不平等を孕《はら》みつつも）行い交易を進めてきた。

交易によって蝦夷の生活に味噌《みそ》、醤油《しょうゆ》、酒、鉄器、煙草《タバコ》などの和人の持ち物が浸透し始める。そして、一度根付いた便利な品や嗜好品《しこうひん》を分かちがたくなることは洋の東西を問わず、蝦夷の人々もやはり、和人との交易なしに生活を営むことが至難となる。

やがて交易は鰊漁が盛んになるのと時を同じくして雇用へと形を変えていく。蝦夷は労働を提供する代わりに扶持を、あるいは求める生活用品そのものを和人から受け取ることが通例となった。

女達もかつては集落で採集や小規模耕作を行っていたものが、漁場での労働に従事することにより貨幣経済の一端へと組み込まれていく。放棄された習慣や生産体制は容易に元に戻ることはなく、ますます場所での労働によってのみ彼らの生活が成り立つようになり、結果として彼らの生活は数十年前のそれとは明らかに変化した。

彼らの習俗は本来、狩猟採集を軸に、耕作にしても米ではなく雑穀類を僅かに作るのみで、平左衛門が慣れ親しんだ稲作文化圏とはその精神基盤からしてまったく別の有り様を成しているのだ。生活の有り様が変化しても、文化は未だ強く生き続けている。彼らの文化のなかでも平左衛門を大いに驚かせたのは、山野の動物との付き合い方であった。和人の文化圏でも狩猟対象となる鹿や猪《いのしし》などを神格化する例はあるが、蝦夷はその傾向が非常に強い。

たとえば、平左衛門はネモロで蝦夷の女と子どもらが熊の仔《こ》の首にまるで犬のように縄をつけて歩いているのを見た。彼らが熊の肉を常食していることは知っていたから、はて、蝦夷らは熊さえ飼い増やしているのかと平左衛門は推測した。

しかし通詞を介して聞いてみると、どうもそうではないらしい。確かに仔熊を飼養していずれ殺して食うのではあるが、もとは山から拉し来たもので、蝦夷の感覚でいえば熊の形をとった神をお招き致し、大きくなるまで丁重に育てることで『もてなし』をし、やがて大きくなれば殺すのである。

殺すといっても、それは招いた魂を山へと返すことであり、数多くの捧《ささ》げ物《もの》と共に祭礼として厳粛に執り行われる。生命の秤《はかり》が違うな、と平左衛門は率直に感じた。

和人の神仏とまるで違う対象を崇《あが》めているのだから当然といえば当然なのだが、信仰を除いて考えてもそもそも、生き物に対する尺度が違う。しかしそれも、蝦夷地の各所を見ては内地とまるで有り様の異なる気象や生物に驚いてきた平左衛門にとっては、ごく自然に頷けるようになっていた。

野付の半島でも事情は同じで、蝦夷地の東の最果て、僻陬《へきすう》の地といえど、鰊の恵みを享受して春には数多くの蝦夷を加えて半島全体が沸き返るようだった。

細長い地に立ち並ぶ番屋は六十を数え、人が集った。人が集えば自然、あやかった商売も発生し、いつしかひと時の賑わいをして野付の集落をキラクと呼ぶ者もいた。キラクとは気楽か喜楽の字を充てたものであろうか、夜も魚油や高価な菜種油を煌々《こうこう》と灯《とも》して好漁を祝い、或いは灯火の下で網を繕っている光が、ある種の諧謔《かいぎゃく》を感じさせたのかもしれなかった。

地の果てで毎春繰り広げられる浮かれ騒ぎ。ただし、水面下で憂いごとは確実に存在する。

例えば鰊漁には年単位で波があることを経験の豊かな漁師ならば知っている。もともと繁殖期の只中《ただなか》にある魚を大量に漁るのだ。無計画に漁をすれば個体がいずれ枯渇しようことは予測できた筈だった。しかし、目の前の恵みを全て魚滓に変える旨みは人にとっては余りに甘美で、来年も今年のように、十年後も変わることなく群来はあると信じて疑うことはなかった。

歪《ゆが》みをわずかに孕みながらの殷賑《いんしん》ではある。それでも、ひとすじの皮肉を込めた名で呼ばれながらも、確かにこの時期、野付半島は光を放たんばかりの賑わいを見せていた。


山根平左衛門の東蝦夷地での調査は順調に進められた。

東蝦夷地にはネモロ、アッケシ、アネベツ（姉別《あねべつ》）、クナシリ、エトロフの場所や野付の通行屋などがあり、いずれにおいても幕府や松前藩の役人は随意に滞在することができたのだが、平左衛門は好んで野付に逗留した。

各地を商いをしながら移動する船に同乗を頼むに当たり、中間地点ともいえる野付が立地的に便利だというのが理由の一つ。もう一つには、平左衛門の気性があった。もともと随伴の一人もつけず身軽に歩くのを好み、ともすれば変わり者とも人に言われる男である。

各場所において幕府や藩の顔色を窺《うかが》う支配人と顔を突き合わせているより、素朴な佇まいの野付通行屋の水が合ったのであった。

平左衛門は各地を数日、或いは数か月に渡って踏査した帰りには大抵野付に立ち寄る。通詞の加藤伝兵衛と穏やかに杯を重ね、静かに波打つ野付の浦を眺めていると、心根のどこかが弛む思いがした。

自然、通行屋で働く者の顔も覚えていく。女中の一人に、たづという女がいた。親を失ってまだ幼い頃から通行屋の下働きをしながら成長し、そのうち子を得て働いているというのである。平左衛門はこの地の果てのような場所で母娘二人、と幾分不憫《ふびん》にも思ったのだった。

しかし当の本人は自らの境遇を声高に嘆く風情もなく、ひどく静かな女だった。役人をもてなすこともある場所柄ゆえか、上方から流れてきた絹の古手（古着）を着、髪をきちんと結い上げていた。口数は少ないが、何かを問えば的確にこちらの意図を汲《く》んで返答する。

平左衛門が野付を拠点にし始めた頃、給仕のたづに、食事によく出てくる海老《えび》について訊《き》いたことがあった。

「この海老はなんというのだ。松前でも箱館でも見たことがないが」

「野付では皆、縞海老《しまえび》と呼んでおります。外海ではなく波の穏やかな内海でよく獲れます」

「縞海老？」

平左衛門は小鉢に盛られた海老の殻をよく見た。橙色《だいだいいろ》の鮮やかな殻の表面に、頭から尻尾まで少し褪せた黄色の縞模様が見える。

「茹《ゆ》でるとこのように真っ赤になりますが、生きている時はすみかの藻と同じような、くすんだ茶色をしています。色を同じにして、海藻の中で静かに身を潜めているのでしょう」

「ほう。それにしても、これは旨いな」

ぺりぺりと殻を剝《む》いて白い身を口に放り投げると、海の滋味とも言うべきか、蟹《かに》ともまた違った旨みが締まった肉にぎゅっと詰まっている。酒ともよく合うので、この海老はすっかり平左衛門の好物となっていた。

「茹でる時の塩加減で味が変わります。先代の厨女《くりやめ》からしっかりと教わりました」

そう言うと、たづは追加の徳利《とっくり》を置き一礼して部屋を辞した。下働きの礼としてこちらが声を掛けぬ限り一切余計な口は利かないし、目も合わせないが、態度が硬くて余所《よそ》余所《よそ》しいというわけでもない。むしろ話し口からは親密さを感じる。

平左衛門は彼女に、人のしがらみからくる古い沈殿を享《う》け、更にここの寒風に晒されてすっかり灰汁《あく》の抜けたような、そんな不思議な潔さを感じていた。

平左衛門が最初に野付に来た日に見た少女はたづの娘だった。名をりんという。父親はかつてこの通行屋によく立ち寄っていた船頭だったそうだが、四年前、秋の荒天で難破し行方知れずだという。

りんの黒目がちの瞳は六歳にしては妙に落ち着いていて、大人と話をしていてもあちこち泳ぐようなことがない。母親に似てもの静かだが、言葉を発すれば聡明《そうめい》な子だと分かる話し振りである。

普段は母の仕事を手伝ったり、集落の他の子らの子守りをしている。集落にいる大人たちからも可愛《かわい》がられているようだった。とはいえ平左衛門にも意外だったことには、通詞の伝兵衛が時折この子を部屋に呼んでは、読み書き算盤を教えているのだった。

率直に理由を尋ねたところ、伝兵衛はしばし考えた後、素養があるからでしょうか、と答えた。

「素養?」

「あの子は利発ですし、自分の知らないこともきちんと理解しようとよく努めます。それに……」

伝兵衛は視線をふと襖《ふすま》の外に向けて言葉を選んだ。

「いずれ、野付の外へ出たいと考えているようで」

「ほう」

平左衛門は意外に思った。この時代、旅芸人などごく一部を除いて一般庶民は生まれた場所で死ぬまで暮らすことが一般的だった。ましてや女は嫁入りなどの事情を除けば尚更《なおさら》のことである。

伝兵衛は少女の意思を言い淀《よど》んでいたが、平左衛門は自分があちこち見聞を広める生活を好んでいることもあり、むしろ好意的に捉えた。

「しかし珍しいな。あの子の歳《とし》でそんなことを考えるとは」

自分があれ位の頃は庭で虫を追うのに夢中だったぞ、と笑った。

「切っ掛けがございました。自分も関わりがありましたので」

伝兵衛は酒を注《つ》ぎながら、ぽつぽつと語り始めた。

昨年の真冬の日のこと。伝兵衛は野付通行屋にある自室にて書き物をしつつ、下働きであるりんを呼び出した。

南側に大きく縁側を設けた部屋は障子越しに陽光を取り入れて暖かい。寒さ厳しいこの半島ではあるが、冬の晴れた日で風もなければ、澄み切った青空から陽光がさんさんとふり注いで寒さを一時忘れさせてくれる。伝兵衛は傍らに火鉢を置いたのみで襖を開け放っていた。

冬の集落界隈《かいわい》はひっそり静まり返ってせめてもの陽光を享受している。静かな午後だった。自然、本来進まぬ筆も幾分滑らかになってきた頃、足袋が廊下を小さく擦る音が聞こえてきた。

「りんが参りました」

「入りなさい」

静かに襖が開く。しかしりんは廊下で再び頭を下げて控えるばかりで、入室しようとはしない。母親の躾《しつけ》の賜物《たまもの》である。伝兵衛が再三促して、ようやく部屋へと足を踏み入れた。

りんは頭を上げておずおずと切り出す。

「あの、わたしは何かお粗相をしたのでしょうか。罰でしたらどんなことでも」

「ああ、違う違う。そう硬くならんでいい」

「でもお呼び出しだなんて、何かお叱りかもしれないと、おかあが」

そう言って少女はすっかり顔を青くしている。伝兵衛はやや大げさに、はっはと声に出して笑った。

「違うと言っている。お前にこれを見せてやろうと思ってな」

伝兵衛は火鉢の傍に置いてあった鉢を引き寄せた。すっぽりと布が被せてあり、それを外すとつやつやした緑の葉と真っ赤な花が姿を現した。りんは思わずわあっと感嘆の声を上げた。

椿《つばき》だった。鉢に植えられて冬なお瑞々《みずみず》しい緑を保った葉と、練り切りのように滑らかな花弁を有した赤い花が三つほど。花といえば野辺に咲く可憐《かれん》だが素朴なものしか見たことがなく、冬には花は存在しないと思い込んでいたりんは、椿の花の美しい佇まいに息を呑《の》んだ。

「珍しいか」

「はい。とてもきれいでございます」

椿の鉢は以前兵庫から来た北前船の船頭からの贈り物であった。

当地に渡るのは初めての船で、賄賂《まいない》とは言わないまでもある種の便宜を期待して通行屋に贈られた品だった。あいにく通行屋にいる者で椿など育てる技術に明るい者はなく、結局いつも部屋を火鉢で温められる立場の伝兵衛が世話をする形となってしまった。

べつだん細かく世話を焼いていたわけでもなかったがすくすく育って一年を越し、伝兵衛の温かな部屋でようやく初めての花をつけたのだった。

「この花は椿という」

「これが、椿……」

「見ての通り、真冬でも咲く花だ。本来は白や縞模様もあるそうだが、紅一色のこれがやはり一番美しいそうだ」

「はい、美しいです」

野付で生まれ育ったりんが椿を目にしたのは勿論これが初めてであった。これまで、彼女や母親らがよく纏う、上方から流れてきた古手の単《ひとえ》や帯には時折椿の意匠が見られたが、それが実在の花なのか架空の花なのかさえ判断がつかなかった。帯を彩るあの赤い花弁と黄色い花粉の花が、実物もほぼ同じであったとは。目を丸くして驚いている様子のりんを見て、伝兵衛は予想通りの反応に内心喜ぶ。

伝兵衛は特に子ども好きというわけではなかった。だがそれでも、ここ通行屋で懸命に母を手伝い生きるりんを健気《けなげ》と感じていたし、彼女の利発なところは好ましいと思っていた。

また、蝦夷と共にある生活で、幼子の存在は実は益が大きかったこともある。無邪気に蝦夷の子どもと遊ぶりんの姿は少なからず彼らとの関係を和ませたし、互いが交易や労働のみを介するだけの存在ではなく、子を育み生活を営んでいるのだという共通の姿を確認することもできた。

「折角咲いたのだから、ひとつ呉《く》れてやろうかと思ってな」

りんは驚いたように頭を上げる。伝兵衛は鉢に手を伸ばすと、三輪咲いている花のうち、もっとも美しく見えるものを選んで枝に鋏《はさみ》を入れた。切った花を渡されたりんは、手折られた花を神仏でも敬うかのように両手で包む。

りんの小さな手の中に、ひんやりとした花びらの感触を伴って花がそこにある。冬でも咲いている花が自分のものになっている。りんは喜色満面で、躍る心をかろうじて制し、丁寧に礼をしてから母親に見せに行きますと部屋を辞した。

伝兵衛は良いことをした、と鉢に布を掛け直し、再び手元の書き物に集中した。

異変があったのはその日の夕刻のことだった。伝兵衛が仕事の終わりを迎えて身体を伸ばしている時、廊下から何やら話し声が聞こえてくる。その中に子どもの泣き声が混じっていて、襖を開けて問いただした。

「一体何があったのだ」

そこにいたのはりんとたづの二人で、泣いているりんを母親のたづが慰めているようであった。

「りん、先刻はあれ程喜んでいたというのに、どうしたというのだ」

声を掛けられて、りんはしゃくりあげながら頭を上げた。おそるおそる、胸元で握り締めていた両手を差し出す。伝兵衛は身体を屈《かが》めて、彼女が大事に抱いてきたものを見る。先程の椿であった。

ただし、手折った時のような瑞々しい美しさは欠片《かけら》もない。りんの頼りない指の間で、椿はすっかりくすんだ紅色を晒していた。明らかに色が褪せている。

話を聞いてみると、花を貰《もら》ったりんは喜んで台所の母に花を見せ、それから近隣の友人に見せるつもりで花を手に表に出たのだという。

外を歩くうちに突然花は瑞々しさを喪《うしな》っていき、りんは慌てた。外の冷気で凍えてしまったのだろうかと通行屋にとって返し、急いで竈《かまど》の近くで花を温めてみるが、凍った状態から融《と》けた椿はますます褪せて、ついにはまったく冴《さ》えない茶色へと変色してしまった。手触りも、あの弾力ある張りを喪ってふにゃふにゃと頼りない。

「椿、凍らせてしまいました」

りんは泣き声を上げながら、すみませんと詫《わ》びてくる。たづも折角頂いたのに娘が申し訳のないことを、と繰り返して頭を下げる。伝兵衛は慰めるようにりんの頭を撫《な》でた。

「先に言っておけば良かったな。冬でも咲く花といえど、それは内地でのことだ。蝦夷地の冬は流石《さすが》に厳しすぎたのだろう。ここと比べれば内地は暖かいからなあ」

「内地、というと？」

泣きながらも、内地という聞きなれない言葉に興味を惹《ひ》かれたのか、りんは赤い目で伝兵衛を見た。

「我々が住んでいるここ蝦夷地という島よりも南にある、もっともっと大きな島のことだ。江戸には徳川のご公儀が、京には帝《みかど》がいらっしゃる」

「内地だと暖かくて椿は咲いていられるのですか」

「いや、内地でも北のほうの寒さは蝦夷地とほぼ変わらないと聞く。椿が咲くにはもっと南側であろうな」

地図さえ碌《ろく》に見たこともない少女には日本の形など想像さえできなかったが、南にはあの美しい花が咲き続けられる場所がある、そう思うだけでりんの心は躍った。

「行ってみたいです」

「え？」

呟《つぶや》かれたりんの言葉を一瞬理解できず、たづと伝兵衛は首を傾《かし》げる。

「その、椿が咲くという場所、行ってみたいです」

鼻水をすすり上げながら、真っ赤な目を拭い、それでも身に余りそうな夢を語る少女。大それたことと嗤《わら》うことも、愚かさを叱ることもできたであろう。だが伝兵衛はそうはせず、「そうか」とだけ返した。

その日から、伝兵衛は暇な折にりんを部屋に呼んでは、文章の読み書きやら算盤の使い方やら、学び取っていればいずれ彼女の役に立つであろう知識を教え込んでいったのだった。

「叶《かな》うかどうかはいっそ関係のないことなのでございます」

酒が効いてきたのか、やや舌を滑らかにして伝兵衛は語る。聞き入っていた平左衛門は無言のまま続きを促した。

「あの子が望みを抱いているのならば、叶わぬまでも望みを持たせ続けてやりたいと、ただ、それだけ思うのです」

伝兵衛の視線は既に向かいにいる平左衛門から下がり、膝の上に置いた自分の手に向けられている。

「このような果ての地で、戯言《ざれごと》のような望みさえも許されぬというなら、何をよすがに生きよと言うのか……」

ただ哀れな娘一人に対する同情心だけではない、伝兵衛の心情を投影しているらしき声音はやがてか細く途切れ、平左衛門には聞き取れなかった。ただ彼の言葉を肯定するように、無言のうちに徳利を傾けて、伝兵衛の杯に酒を満たしてやった。

調査を重ねるうち、平左衛門は蝦夷や船の船頭から砂鉄が多く混じる黒い浜の話を聞いて興味をそそられた。

野付半島の南側、ネモロ半島の北側の付け根に風蓮湖《ふうれんこ》という巨大な汽水湖がある。海岸近くに湖が陸を抉るように鎮座し、南北それぞれから半島が長く延びてかろうじて繋《つな》がらず、小さく海と湖との出入り口を作っている。その、北側の陸地にハシリコタンという集落があるのだ。

その地点へは野付から小船で南下して行く。右手に浜を見ながらネモロの方向へと向かう中途にある、陸地と浅瀬が入り組んだ浦がその場所であった。

船が海岸線に近づくにつれてよく分かった。成程、この周囲一帯のみ、他の砂浜と比較してどうにも真砂《まさご》の色が濃いように思われる。平左衛門は船が浅瀬に近づくと待ちかねたように船から飛び降りた。膝下まで海水に浸《つ》かるが構いはしない。

砂を掌《てのひら》にとってよく検分する。遠目に色濃く見えていたのは、通常の砂に微細な鉄の粉が混じっているためだった。しかも、足下には混入する砂鉄がまるで模様を描くようにして広々と砂浜を成している。単純にそこに混じっている砂鉄の総量を考えると、一考には価する。

腕を組み、眉間に皺《しわ》を寄せて砂を見詰めていると、同行する伝兵衛が沈黙に耐え切れず尋ねてきた。

「如何《いかが》でしょう。ここの砂鉄は使えますかな」

「いや、どうかな」

平左衛門の顔は苦い。確かに砂鉄はそれなりの量ではあるが、果たして大規模なたたらの施設を作るに見合う量であるかは、製鉄の専門家ではない彼には正直判断がつきかねた。その旨を伝兵衛に語ると、期待に満ちていた丸顔があからさまに落胆した。

それに、平左衛門は口にこそ出さなかったが、真砂から砂鉄がこうまで黒々と露出しているということは、それだけ波と地盤の沈下によって陸地が侵食されているということでもある。

加えて、この地の蝦夷の長老に伝兵衛を介して話を聞いた際、彼が子どもの頃は野付からハシリコタンに至る一帯は、もっともっと砂浜が広かった、というのである。

平左衛門はしゃがみこみ、自分の足下に広がる砂鉄の模様を指で辿《たど》った。少し掘ればすぐにその模様は変化しているのが分かる。恐らく一番表層の模様は昨日今日の潮汐で作られたものだろう。

野付の半島もハシリコタンも、蝦夷地の奥深くから流れる幾筋もの川と、外洋の速い潮の流れに影響を受けて形成された土地である。その変化の速度というのは、自分が予測しているよりも速いのかもしれないな、と平左衛門は感じた。

その変化というものが、人々の営みにどのような影響があるのかも予測はつかない。

ただ、一見変わらぬように見える光景が、両手で掬《すく》った真砂が指から零《こぼ》れるようにして絶え間ない変化を続けているという事実は、人の力など遠く及ばず、空恐ろしいようにも思えたのであった。

やがて夏となり、野付半島一帯は乳色の海霧にすっぽりと覆われていた。まるでそれ自体が生き物であるかのような霧である。

小雨とも霧雨とも言えないような細かな水滴が空気すべてを覆っている。いくら番傘をさしても防げるものではなく、屋外にいる者すべての袖といい髷《まげ》といい、何もかもをしっとりと湿らせてしまう。

気温が冷涼なため、蒸し暑い江戸の梅雨《つゆ》を思えばまだましだったが、流石に寒すぎる。平左衛門が火鉢を用意するよう言いつけると、たづは呆《あき》れたように笑った。

ネモロ場所からアネペツ、海を隔てたクナシリ場所までを広く行き来して調査するうち、平左衛門は野付通行屋を拠点とすることが益々《ますます》多くなっていた。野付通行屋でぼうっと外など眺めやっていると、どことなく気分が落ち着くのだ。

「このように薄暗い中で書き物をなさっては目にお悪いことでしょう。灯明をご用意致します」

火鉢を納戸から引っ張り出しながらたづが言うのを、平左衛門はかぶりを振って断る。

「いや、まだ外を眺めていたいので灯《あか》りはいらん」

「襖を開けて火鉢を抱え込んでいるだなんて」

如何《いか》にもおかしいのでは、といった風でたづが笑う。

「外を眺めていたいのに寒いから火鉢を頼んだのだ。それに、書き物はもう終わった。灯りがあっては暗くなっていく外がよく見えん」

わざと拗《す》ねたように言うと、たづはそれ以上何も言わずに放っておいてくれた。平左衛門は野付に逗留しているうち、たづと懇《ねんご》ろとなっていた。

平左衛門は灯明をつけぬまま、火鉢を抱えるようにして外を眺めていた。もはや薄闇と濃すぎる霧のために近くを歩く者の表情までも見えなくなっていたが、番屋の入り口や軒先に、ほの明るく灯が点《とも》っている。霧のためにぼんやりとした光を放つそこに吸い寄せられ、人々は蛾《が》のように足を踏み入れていくようにさえ見えた。

この頃、灯明といえばまさに野付で作られる鰊油が常だった。それも貨幣と替える大事な商品であることを考えれば潤沢に使えたはずもないのだが、鰊がもたらす益を勘定すればその油を使ってまでも網を繕ったほうが利が良い。

古くから本土側にいた漁師や蝦夷達からみれば、自分達は太陽が沈めば身体を休めるか精々囲炉裏の明かりを頼りにこまごまと針仕事やらをするのが常だったが、対岸にあたる野付の集落は惜しげもなく灯りを用意している。彼らからみればひどく奇態なことだった。

通行屋に至っては、夜は上等な菜種油を灯りとする。幕府の要人が逗留する際には、菜種油だけではなくこの地域では貴重品である百目蠟燭《ひやくめろうそく》にまでもあかあかと火を灯す。大変な贅沢《ぜいたく》だった。

いつしか番屋群にはぽつぽつと灯りが増えていた。

初夏は鰊漁も既に一段落し、男衆の多くも各々の場所に帰り始めていた。今は蝦夷の女衆が出来上がった鰊滓を北前船が運んできた俵に詰める作業が多い。

他には野付周辺を拠点とする蝦夷の一部が、彼ら伝統の小船を操って魚を漁っている。扶持の生じる漁場での労役と異なり、彼ら本来の営みを以《もっ》て産物を売買することも細々とであったが続けられていた。今は時期を外れて迷い込む鮭が美味《うま》いのだという。

ほのかに夕焼けの残滓《ざんし》を受けて、霧が赤錆《あかさ》びた色を帯びる。その霧の中、馬を引いて歩く男の姿が見えた。平左衛門が野付に着いた初日に荷物を運んでいた下男、弥輔《やすけ》である。

足を引きずるようにゆっくりと歩く彼の背後から、甲高い声が響く。ぱたぱたと軽い足音と共に、りんが毬《まり》を片手に走りよってきた。そのまま弥輔と並んで歩き、親しげに言葉を交わしている。

弥輔がたづの弟、つまりりんの叔父だと知ったのは、平左衛門が各地で調査を始めて暫く経《た》ってからのことだった。

平左衛門が各所の地形調査を丹念に進め、ネモロ場所近くの車石《くるまいし》という地を訪れていた時のことだった。ネモロ半島の南側、太平洋に面したこの地域は、波が荒く、岩が所々崖となって海に張り出している。

船乗りにとっては潮流と地形の具合が丁度合えば天然の良港となるのだが、判断を誤れば荒波に押されて岸壁か岩礁に叩きつけられることになる。平左衛門は周囲の地形について詳細な地図を作成しつつ、途中で奇岩群に目を奪われた。岩が層状を成して崖となる地形が多い中、その岩の層がどういう具合か扇状に丸くなっているのである。地元の人間は車石と呼んでいるのだと、その夜ネモロで脇本陣としている寺の住職から聞いた。

「車石といい、野付のあの荒涼とした景観といい、東蝦夷地はまこと、浦ひとつ違えば景観が異なるものですな。実に面白い」

夕餉《ゆうげ》の後に住職と歓談している折、平左衛門は素直に感嘆する。

ともすれば江戸からも松前からも遠く離れたこの地を僻地と揶揄《やゆ》する役人もいる中、言葉通りの素直な好意に住職は目を細めた。

「野付の通行屋によくいらっしゃるのでしたら、弥輔という男をご存知でいらっしゃいますか」

「弥輔を？」

ネモロの住職がなぜ野付のいち下男を、と疑問に思いはしたが、平左衛門は存じてます、と頷いた。

弥輔が諸事を行う下男のため、直接話す機会は殆《ほとん》どなかったが、伝兵衛に聞いたところ通行屋の仕事の他にも馬の世話をしたり鳥を獲っているのだという。

鳥というのは尾白鷲《おじろわし》や大鷲のことを指す。翼を広げると大人の身の丈を軽く越す巨鳥を捕え、尾羽を毟《むし》って商人に売るのだそうだ。それは内地へと送られ、最終的には加工され矢羽として使われることとなる。

弥輔は足の指を失って踏ん張りがきかないという弱点があったが、手先が器用なうえ頭の巡りが良いのか、うまく工夫をして鳥を獲るのだと、伝兵衛はどこか誇らしげに語っていた。

目の前の住職も弥輔のことを語るその表情は微笑《ほほえ》みさえ浮かべて穏やかだ。

「あれの父親は、もとはここネモロの番人頭であったのですよ。信心深い男でよくこちらにも説法を聞きに来ておりました。番人としての任で野付に長く留《とど》まるうち、やがて蝦夷との通詞のようなこともしまして。ネモロの妻と子二人を野付まで帯同して、冬も其処《そこ》で越していたのですが、つれあいは一年も経ぬうちに病を得て亡くなったそうです。父親も程なくして亡くなり、姉弟で懸命に生きてきたのです」

その子二人というのがたづと弥輔というわけか、と思った。たづの様子からいって両親が健在だという話を平左衛門は聞いていなかったから、なにがしかの不幸があったであろうことは想像していた。しかし住職がそれから語り始めたのはその尋常ではない死に様であった。

「あれの父親は冬に惚《ほう》けて死にました」

「惚けて？」

「ある冬の夜、息子を伴って野付の氷原を歩いている最中《さなか》に、満月を見上げて惚けたのだそうで」

平左衛門は全く理解できなかった。氷原。ただでさえ寒冷な蝦夷地、それも松前よりも過酷だという東蝦夷地の冬の最中、屋外で、月を見上げていた？　なにを理由にそのようなことをしたのか、想像がつかない。思わず住職にそのまま疑問をぶつける。

「私は未だ東蝦夷地の冬を体験してはいませんが。もし冬にそんなことをしては」

「ええ、間違いなく死にます。あの父親とて、阿呆《あほう》ではございませんでした。それが、子どもの頃の弥輔の証言ではそのようにしてやがて動かなくなったのだそうで。全く以て、惚けたとしか言いようがございません」

沈痛な表情で住職は念珠を握り締める。

「ましてや護《まも》るべき子を連れているという時に。通常、有り得ぬ事でございます」

「では弥輔の足が悪いのは」

「その時のものです」

話を聞き、奇妙な内容に驚きながらも、平左衛門は心中のどこかで合点がいった。なるほど、そういった経緯を経ているのなら、通詞としてその父親と相応の親交があったであろう伝兵衛がたづとりんの母子、そして弥輔を篤《あつ》くみているのは当然の成り行きであるのかもしれなかった。

「それにしても、何故《なにゆえ》満月で惚けたのです」

当然の問いを平左衛門は口にした。これは私が仏道と関わらぬ処《ところ》で思う事ですが、と住職は前置きする。

「美しすぎるものというのは、時に人にとっては毒となります」

「月が美しすぎて気を違えたと？」

「表層のみを辿れば。しかし、そこに至るまでにその者の中に細かな因果が積み重なっておったのではないでしょうか」

細かな因果。積み重ね。耳を傾けながら、平左衛門の脳裏にはふと椿の花が蘇《よみがえ》る。伝兵衛が良かれと思い幼子の為に手折った花が、無常に凍《い》て付き枯れ果てたさまを思う。そしてその際にりんの心に芽生えた素朴だが強い意思も。

「因果というにも、さまざまのことがございますゆえ」

住職はふいに、柔和な表情を引き締めて語った。

「人の道理では易々《やすやす》と組み伏せられぬ困苦というのは存外、因果のかたちをとって足下にごろごろ転がっているのかも知れませぬぞ。まるで浜の浅蜊《あさり》や蜆《しじみ》のように」

「踏みつけにしても気付かぬと？」

平左衛門の問いに住職は頷く。

「左様にございます。踏みつけにしても気付かぬうちに因果の網へと絡め取られて、往々にして、人は其処からは逃れ得ぬのです。決して」

だから貴方《あなた》様もお気をつけなされ、無言のうちにそう視線を送って、住職は目を伏せた。平左衛門には住職がなぜ自分にこのような話をしたのか量りかねたが、なにやら警句めいた意図を漠と感じ、背筋にぞわりと粘性の寒気を感じたのだった。


波の音に加え、風にざらざらと乾いた音が混じっている。近くにある楢の木群《こむら》の葉が秋の始めにいくらか水分を失い、それが風になぶられて軽い波の音のようになっているのだと気付いた。未だ波に浸食されていない、生きている楢が鳴らす音だ。

平左衛門はふと、これらの木々の根を想《おも》った。海水の浸食は著しいが、この半島では井戸から真水が得られるのだから、砂礫《されき》の地といえどしっかりと根を張って水を得ているのだろう。

深く深く、探るように根を巡らせ、僅かなこの地に張り付いている。その地中の根の形態を考え、まさにしがみついている、と思う。

しがみつき、張り付き、風や潮に耐える。木の生き方に、縛鎖に足首を絡め取られたような人の生き方を重ねて想う。鼻先がこの半島特有の潮と泥の混じった匂いを捉えた気がした。

何思うでもなく逍遥《しょうよう》するうち、平左衛門は通行屋の裏手で馬の手入れをしている弥輔の姿を認めた。彼が近づいていくと、弥輔は手を止めて丁寧に頭を下げる。

蝦夷地にはもともと馬がいない。だが場所や通行屋など、和人の重要な拠点にはそれぞれ数頭の馬が飼われていた。ひとつには未だ道なき陸路を歩く際の重要な足であり、もうひとつには、藩との連絡の為だった。ことに、クナシリ・メナシで蝦夷の蜂起があって以降、松前と情報を遣《や》り取《と》りする手段は重要視された。

海路の方が迅速ではあるが、天候や季節に大きく左右される。それだけに頼るより、日数が掛かっても確実に連絡手段となる馬が各所に配されているのであった。

平左衛門は勝手に見ているだけだから作業を続けるように言うと、弥輔は引き続き馬の鬣《たてがみ》を櫛《くし》で梳《す》いた。つやのある栗毛《くりげ》で、肩まわりと尻の肉が多い。馬体自体はさほど大きくはないのだが、全体を見るといかにもがっしりと力強く、蝦夷地の難所も越えられるような堂々とした印象を受ける。ただ、見たことのない人物を前に緊張を来《きた》したのか、耳が少し後ろへ寝た。

「良い馬だな」

「この周辺に配された馬のうち、いっとうに体軀《たいく》が大きなものです。ネモロの早馬には負けますが、山でも笹《ささ》だけで随分とよく走ります」

そう言って弥輔は馬の太い首をぽんぽんと叩いた。馬が甘えたように応じてさらに首を差し出す。弥輔と馬との間に強い信頼が感じられて、平左衛門は暫く黙って馬の手入れを眺めていた。

普段自分の仕事を人から関心をもって見続けられるということのない弥輔だったが、馬の汚れを落とし、蹄《ひづめ》の具合を確かめ、慣れた作業を終えた。それを見てとって、平左衛門は本題を切り出す。

「たづの弟と聞いた。出自のことも」

「へえ」

特に感情を込めずに弥輔は頷いた。

「鳥を獲るのが巧《うま》いそうだな。ネモロ場所の支配人も感心していた。お前の鷲羽は傷みが少なく上物だと」

「こつがあるのです」

弥輔は棒を持ち、振り下ろす仕草をする。

「躊躇《ちゅうちょ》なく殴るのです。頭を狙って。鶴も同じです」

「鶴も獲るのか」

平左衛門は驚いた。そういえば量では鷲羽には及ばないが、蝦夷地では鶴の羽や剝製も交易の対象になるのだと聞いたことがある。

それにしても鶴といえばあの丹頂鶴であり、内地の鍋鶴などと異なりかなり大きい。その堂々とした体軀と、白黒の羽の美しさに平左衛門は神々しいものさえ感じていたのだが、それも獲物だとは。

平左衛門の戸惑いをよそに、弥輔は平然と訊いた。

「ご存知でございますか。鶴の肉の味を」

「いや。食ろうたことはない」

「美味でございますよ。本来は食ってはならぬと言われておりますが、船の若衆もお役人方も精がつくといってこっそり召し上がります。今度お持ち致しましょうか」

純然たる厚意で言っている様子の弥輔の提案を丁重に断る。まったく、蝦夷地における和人社会といえど、環境や食い物が異なるとこうまで変わるものなのだろうかと平左衛門は妙な印象を持った。

自らの動揺を諫《いさ》めるように、軽口を叩く。

「鶴を食ろうているのなら弥輔は長生きするであろうな」

ははは、といっそ無礼なまでに大きく口を開き弥輔は笑った。

「そのようなことはございませんよ」

微笑んでいるが、日に焼けていささか腫れぼったくなった目蓋の奥のその瞳は鋭い。

「己のようなものが易々と長生きができて堪《たま》るものかよ、と。そう自分に言い聞かせながら生きておりますゆえ」

では失礼を、と一礼し、馬の手綱を握りながら弥輔はあの特徴的な歩き方で去った。

別段、自分に対して怒ったわけでもないだろうが、ただ淡々としていた彼の口調がやけに平左衛門の耳に残る。他人に辛楚《しんそ》を酌まれないお己というものを失わないであろう、いっそ潔いその背中を、平左衛門は眺めて息を吐く。僅かに自分は緊張していたらしい。

「やれやれ」

誰に言うともなく呟いて、腕を組む。

この地に来てから自分はおかしい。他人の遣れぬ想いばかりを自分の裡《うち》へと溜め込んでしまっているように思える。だがいつか住職が言っていたようにこれも因果とやらの一部なのであろうか。

だとしたら彼らへの思うままにならぬこの感情は、焼けた鉄片が湖の厚い氷にずぶずぶめり込んでいくように体の深部に刻まれて、そして春になり氷が薄くなるその時まで、きっと容易に取り出せはしないのだ。平左衛門は淡くそんな予感がしていた。

そして冬が来る。流氷がこの海域に押し寄せ、殆どの仕事がなくなる前に多くの人々はこの地を離れる。野付は息を殺したように静まり返っていた。

半島の外洋を北から流れてきた流氷が埋め尽くす頃、渡ってきた猛禽が増える。弥輔が狙うのは主に大鷲と尾白鷲である。特に大鷲の尾羽はネモロ場所の商人に高く売れる。また、滅多にないことだが、若い個体をあまり傷つけずに生け獲ることができれば、それは格別に高く引き取られる。野付でもネモロでもない蝦夷地のどこかで飼い慣らし、トノサマとかいう人間が成鳥を使って狩りをするのだという。自分の獲ったものがどういう仕組みで世の中に組み込まれるのか、その理《ことわり》は分からないまでも、弥輔は日々の糧の為に、ただ純粋に狩りをする。

今日のように、よく晴れた日中は見通しがよく格別だ。弥輔は外海の流氷の大きな塊の上に、鰊漁で破れ果ててしまった魚網を敷く。もう繕いようもないものを安価で譲って貰ったものだ。その網の上に細かな雪を被せる。気温が低く、また乾燥したこの地域の雪は砂のようにさらさらとして軽い。雪で注意深く網を隠し、その上に夏の間に獲って干しておいた小魚を撒《ま》いた。既に上空では魚の存在に気付いた鳥どもが弧を描いてこちらの様子をうかがっている。まだ警戒の色が強い。

それから弥輔は流氷の陰で息を潜めて待つ。右手には網に繋がった綱を、左手には使い込んだ木の棒を握り締めて。

当然寒い。細い息が自分の鼻まわりの皮膚を凍て付かせるが、寒さは意識から強いて追いやる。自分の存在を雪原の一部に溶け込ませるように、何も考えず、ただ雪上の仕掛け一点を凝視して自分をこの場所から殺していた。

やがて時間の感覚が消えていく。呼吸の規則的な音だけが弥輔の体を支配するが、その吐息さえ速いのか遅いものなのか、判断が曖昧になって脳裏で時間が引き延ばされていく。この感覚を弥輔はよく知っていた。彼が父親を喪って以来、慣れ親しんでまるで彼自身の一部になったかのように。

弥輔は父親の面影というものを記憶に強く残してはいない。

彼が自分の足と父親を喪ったのは数えで五ツの時だった。普段の様子は貧しいなりに厳しく躾けられた記憶がおぼろげに残るだけだが、父親が死んだ夜のことは鮮明に覚えている。

あれは厳冬の如月《きさらぎ》、本土側の蝦夷集落から自宅がある半島の先端まで凍った湾を歩いたのだ。恐らく父親は蝦夷との折衝の際、幾らかの緩衝材料として子を伴ったのであろう。その帰りだった。

蝦夷の長老は真冬の真夜中に帰宅する位ならここで一夜休むようにと勧めた。しかし自宅にもう一人の子を残しているからと断ったであろう父の主張を弥輔は容易に想像できる。

満月が真上近くにあった。声さえ一瞬で凍て付いて、ごとりと音を立てて地に落ちてしまいそうな寒さだ。まして、月が明々と光を届かせているような晴天の夜は尚更冷える。幸いにして風はなかったが、その分、冷気そのものが綿入れの間からさえ生き物のようにじわじわと侵入してくるように思われた。

外海をすっぽりと覆った流氷は半島の南端を回りこんで湾の内側までも侵食していた。内海に張っていた薄い氷を暴力的に押し割り、混ざり、荒い様相で内海を埋めている。その氷に埋まった内海を歩いて横断するのが近道だ。遠方に見える野付のか細い光を目指して、父子は無言で歩んでいた。底なしの冷えですっかり締まった氷は硬く、藁沓《わらぐつ》が踏むたびにキシキシと乾いた音を立てる。

普段は北洋からの悪意と害意の塊のようにさえ思える流氷も、凪いだ湾内でこうして月光に照らされていると、その表面がまるでほのかに発光しているようにさえ見える。雲一つない夜空に浮かぶ満月は明るく空を群青に染め上げている。明るすぎて星は見えない。遮られるもののない月光を受けた氷原は光を反射して明るく、地平線の辺りでは空の色との境が分からないほどに、空も地も一面の青に染め上げられている。半島の集落に灯る明かりもともすれば見失ってしまいそうだ。

静かだった。昼とはうってかわって空に鳥の気配はない。氷上を歩く獣もいない。ここにいる生き物は自分と父親のみ。弥輔は歩きながらそれに気付き、なにやら体の内側がぞうっと冷えた。必死で先を歩く父親の背中を追う。決してはぐれないように懸命に。

海岸の蝦夷集落を出て野付の和人集落まで道のりはあと半分、という頃に、父が歩みを弛めた。頭を上げ、月でも眺めながらなのか、その背中は足取り同様にひどくぶれて頼りなくなる。

「おとう」

心配に思った弥輔が呼んでも返事はない。それまで規則的だった足音が、不安定に歪み、時折止まり、また不確かな歩みを繰り返す。

とうとう、父親が止まった。

「おとう？　早く、早く帰らねば。姉さが待ってる」

返答はない。

背の低い弥輔では空を見上げた父親の表情は分からない。だらりと垂らされた両手の、袖を摑《つか》んで揺さぶる。呼びながら揺さぶり続ける。暫く繰り返して、背中をばんばん叩いて、それでも返事はない。やがて弥輔の体は冷えてくる。涙と鼻水が頬で凍り始め、耳の感覚がなくなってくる。藁沓で覆われた足の指先の感覚も失われて立っているのが困難となる。かじかむ指を代わる代わる懐に入れて温めながら、弥輔は必死に父親を揺さぶり続けた。

「おとう！」

ひときわ強く袖を引いた時、とうとう父親の体はぐらりと傾いで雪原に倒れた。驚いて思わず跳び退《の》いた弥輔は、一瞬遅れて慌ててすがりつく。うつぶせになっていた体をなんとかひっくり返すと、父親は既に目を開いたままで絶命していた。

弥輔はそれを理解できない。月光が氷原に反射していやに明るく感じられる中で、父親の表情を確認し、目がまだ開いている、と思う。目が閉じていない。だからまだ、死んでいない。

弥輔は叫びながら掌で父親の頬を叩く。起こさなければ、という想いに必死で、集落まで人を呼びにいくという発想はない。徐々に冷え切っていく父親の体を感じる。温めなければ、と思う。かじかむ指をなんとか動かして、父の綿入り羽織の袷《あわせ》を解《ほど》き、その間に自分の体を押し込む。

おとう、おとう、という言葉がうわ言のように繰り返され、それは夜が明けて父親の死体と少年とが人に発見されるまで断続的に続いた。

子どもゆえ体温が高かったのが幸いしたか、幼いながらに半ば本能で父親の羽織に潜り込んでいたのが良かったのか、弥輔は幸いにして頬と足の霜焼けのみで済んだ。しかし足のそれは酷《ひど》かったのか、暫くすると指が腐ってきたために、大人衆三人で押さえつけてまだ壊死《えし》していない部分から鉈《なた》で切断された。

弥輔の視界に一羽の大鷲が舞い降りる。両翼を広げれば弥輔の身の丈ほどもある空の王者。漆黒の両翼、白い頭、黄色い嘴と足は太く、もし襲われれば不用意な人間などひとたまりもない。

丸い両の目がぎらついている。餓《う》えている、が、鷲は網を敷いた範囲の外側に留まって干魚を見ている。明らかな警戒。頭の白い羽が僅かにすすけているのを見るに、それなりに歳を経た個体だろうと弥輔は見る。

その近くに大きな影が下り、その気配に先客の大鷲は一歩飛び退《すさ》る。若い鷲が一直線に、純粋に、干魚目掛けて降りてきていた。

弥輔はその時を逃さない。ひゅうと冷気を吸い込むのと同時に、握りしめていた綱を一気に引く。魚を捉えた大鷲の足に、網が絡みつく。近くで警戒していた老鷲は飛び去り、足を捉えられた若い個体もまた飛び去ろうとするが、網と網に繋がる綱は弥輔が捉えて放さない。

大鷲が暴れる。氷に尻を付けて体を安定させた弥輔は右手で綱の端をしっかと握り、左手に棒を持って鳥を打擲《ちょうちゃく》した。嘴から苦しみの混じった怒りの鳴き声が上がる。見開かれた目が憎しみを伴ってこちらを睨《にら》み据える。

稚児の太腿《ふともも》ほどもありそうな太い両足が、鋭い爪を伴って抵抗を試みるが、それは弥輔に届く前に棒によって的確に打ち据えられていく。翼ではなく頭と胴体を正確に狙って。大きな両翼が身も世もなく地面を叩いて悶《もだ》える。徐々に目からも光が失われていった。

しゃがれた鳴き声を呪詛《じゅそ》のようにひとつ搾り出し、大鷲はやがて動かなくなった。弥輔はようやく息をつく。鳥を殴っている間、無意識に呼吸を止めていた。棒を握り締めていた手を放すと、余りに力を入れていたためかぶるぶる震えて感覚がない。寒いわけでもなく、むしろ体は暑いのに、震えは全身を支配していく。


弥輔は今にしてよく思い出すことがある。

父親を喪った時、魂消《たまげ》たのだ、と弥輔とたづに諭した者がいた。アッケシ、ネモロを経てここまで流れてきた内地の老僧だった。彼は棺桶《かんおけ》として遺体が納められた樽《たる》を前に丁寧に経をあげてくれた。

「成道《じょうどう》へと至るには定められた仏道を無闇何呉れとなく辿る必要はない。凡俗に塗《まみ》れた穢土《えど》の世でも、浄土と紛《まが》うばかりの弥終《いやはて》のこの地でも道は啓《ひら》かれる」

涙に暮れる弥輔とたづは僧の言葉を勿論理解しない。ただ、穏やかに語りかける僧の言葉に真摯に聞き入った。

「しかし悟道というのは往々にして人の身には余る。お前達の父は残念だが魂消てしまったのだよ」

語って、姉弟の頭を撫でたのだった。

弥輔は仏道というものをほぼ知らない。ネモロの仏僧が野付まで来て説法をすることはあったが、生活の場において神仏というものの実感は薄かったし、野付にある金毘羅の社もほぼ義理で行事に手を貸すことがあるだけだ。

仏法のなんたるか、一切の理を解さない。だから、ほぼ直感に近い想いを以て、言葉に反映できないままに、自分の父親はなにがしか、逃れ得ない中で自らの運命を全うしたのだと思う。何も汚さず、何も奪わず消え果てたその清潔な死に方を肯定する。

魂消たのだ、という僧の言葉だけは強く覚えている。あの、魂消て死んだという父親の顔を思い浮かべる。

目は開いたままだった。あれは最後に何を見ていたのだろう。幼い頃の弥輔が、まだ生きているのだと錯覚するほどに、穏やかに、どのような地平を眺めて果てたというのだろうか。弥輔には到底理解ができないが、その表情には一片の苦悩も残されていなかった。集落の多くの者が不慮の死を嘆く中、老僧の言葉をうけて弥輔とたづだけが、父は望む死を遂げたのだろうと思った。

距離を隔てて、先ほど最初に舞い降りた老鷲がじっと自分と死体になった若鷲を見ている。嘴から吐き出された血が泡となって雪に染みるところを見ている。その両目にある感情を弥輔は読み取れない。

もはやある筈のない弥輔の両足の指が、幻肢痛となって毛沓の中で疼《うず》いた。また今年の冬も酷い寒さだった。

薄《うっす》ら闇の向こうから途切れ途切れに波音が聞こえてくる。こんな風のない夜は流氷が離れて外洋も凪いでいるのか、どこかゆったりとした音吐のようで高く低く、穏やかに眠りを誘う。

灯明の最後の光を惜しむように繕い物をしていたたづがふっと息をつくと、涙がひとつふたつ、そのこけた頬を伝って膝へと零れ落ちていった。

「いま泣いた」

悪戯《いたずら》そうな声音を装い、平左衛門はたづの身に起こった事実を指摘する。

「目が疲れました」

向けられた揶揄に、淡く笑って答える。そしてゆっくり袂《たもと》で涙を拭いた。

その所作を眺めながら、こんなに海霧の濃い場所では袖が濡《ぬ》れていたとて涙か露か分からぬな、などと戯《ざ》れたことを考える。

千石の北前船で蝦夷地の端に至った身であるが、江戸にある本家の養子という立場となる以前は武蔵国《むさしのくに》の分家で百姓に毛の生えた生活をしていた出自である。田舎の生家では習慣、因習といった価値観に縛られる重さを刻み込んで育ってきた。それが相当な重荷だったのだということは故郷を出て初めて理解できたことではある。

故に、平左衛門はたづや弥輔が産まれ落ちたこの場所で宿命的に取《と》り憑《つ》いている哀惜を理解する。

それにつけてもこの僻阪の地に生まれついた者が抱える業の深きことよ。彼は蝦夷達の、沈黙のうちに澄んだ目を想う。そして昼間見た弥輔の伏し目がちの目を、目の前で音もなく落涙しては疲れただけだという女の心を想う。

そういえばこの砂嘴は、とうとうと流れて海に注ぐ川が、蝦夷地の深部から運んできた砂や石が集積して出来たものである。そうであるのだとしたら。石や砂と同じに、深くこの地に根ざす彼らの痛苦も眼窩《がんか》から零れ落ちて、この湾にじわじわと染み入ってくるのではあるまいか。そうして濁酒の滓のように、音もなく凝結しては沈殿し、いずれこの内海をさえ埋め尽くしてしまう……。

「だったら困るなあ」

だしぬけに呟かれた声音は奇妙に呑気《のんき》で、とても寝物語らしからぬ。たづは顔を上げて何気なく応じた。

「何にお困りでございますか」

「この浦がもし埋まったら、埋まったらな。あの海老が捕れんだろう」

以前に話をしていた川の土砂が流れ込むという件でも思い返しているのか。そうたづは推し量って、ただ酔いの戯言と流さず、それは困りますねえと言葉を継いだ。思いのほか甘い声になった。誤魔化《ごまか》すように、男の肩まで綿布団を引き上げると、平左衛門は幼子のように大人しく目を閉じる。荒れた肌なのにいやに白い掌《たなごころ》が一度だけ頬を撫ぜた。

壁越しに波音が静かに部屋の空気に染み入り親和する。規則的なそれを耳にしながら、平左衛門の意識はゆるゆるとした夢想へと傾いていった。

野付通行屋の建物、そのほど近くに、弥輔ら下男が寝泊まりしている家屋がある。家屋といっても周囲の番屋と変わらぬ小屋で、広い土間に僅かな板敷きの間を設け、そこに下男や冬に番屋を管理している者などの幾人かが寝転がるのである。

弥輔はこの夜もいつもと同じように土間の一角に筵《むしろ》を数枚重ねて眠っていた。厳冬で、下からじわじわと冷気が立ち上ってくるのだが、狭い小屋に五、六人がひしめいているだけあって空気だけはかろうじて温《ぬく》もり、凍死に至る程ではない。

夜も更け、壁の向こうでかすかに波が打ち寄せる音を心地よく耳にしながら弥輔は眠っていた。寝返りを打ち、寒さから無意識に筵を肩まで引き上げようとした折に、彼は何かに気付いた。

犬が、吼《ほ》えている。

どこかの番屋が熊避《よ》けに飼っている犬だろう。遠方から途切れ途切れに、おそらく風に所々を吹き飛ばされながら、その吼え声が弥輔の耳に届いていた。

外敵に対する血走った声ではない。だからこそ弥輔には気になった。人間に何かを知らせる為の、規則的なその吼え方。弥輔は身を起こすと、肩口に掛けていた鼬皮《いたちがわ》の毛皮を纏い直して外に出た。

満月の夜だった。風は僅かしか吹いていないが、気温はひどく低い。息を吸うと鼻毛が凍って鼻の穴に張り付いた。

寒さに自然と体の筋肉を緊張させながら犬が吼えている番屋へと歩く。弥輔が近づく気配を感じても、犬はなおも規則的な吼え方を変えていない。

犬は弥輔の小屋から五軒離れた番屋にいた。屋外に紐《ひも》で繋がれ、普段ならば体を丸め、温かな毛皮に鼻先を突っ込んで眠っているはずが、巻き尾を上げて一点に向かって吼えている。弥輔は目を凝らし、月明かりの下で犬が見ている方向を確認した。番屋が集まる集落から見ると西向き、真西よりはやや南か。地理的には野付半島の先端近く、一度南東に向かって延びた半島が先端近くでぐんと西に折れ曲がっている、その先端近くであるようだった。

見当をつけて、弥輔はそちらに踵《きびす》を返す。風はゆるい南西。やや向かい風だろうか。

つまり吼えていた犬は風上から流れてきた何かの匂いを感じたのであろう。その匂いの正体は弥輔の鼻では捉えられないが、胃の腑《ふ》が急にぐんと重くなるような、嫌な予感がした。

走れない足で雪の塊に躓《つまず》きながらも、可能な限り急いで通行屋へと向かう。裏手に設けられた厩舎《きゆうしや》、その扉は、無造作に開いていた。目を凝らしてみると、月光によって円《まる》い足跡が幾つも、扉の付近で淡く影を作っている。

弥輔が慌てて厩舎の中を覗き込むと、繋がれて三頭いる筈の馬は、やはりいない。柱に縛り付けていた縄は三本とも無残に引き千切られ、うち一つは柱そのものが完全に折れていた。鼠か鼬か、何かに驚いて一頭が暴れて柱を折り、他二頭も興奮をきたして縄を千切ったのだろうかと弥輔は想像した。

馬が入っている状態で戸を閉めきってあれば厩舎の中は普通の屋内以上に暖かい筈だが、既に厩舎は屋外の気温と同じように冷え切っていた。弥輔は馬が逃げた時間をざっと逆算して、眉間に皺を寄せる。おそらくは随分前に逃げている。

すぐに外へと出る。弥輔は人を呼ぶことを考え、すぐに打ち消す。場所の支配人ではなくご公儀が所有している大事な馬を逃がしてしまったと分かれば、責を問われるのは自分一人では済まない。

それに、あの馬は三頭とも自分によく慣れている。逃げて興奮状態にあるであろう馬を宥《なだ》めて連れ帰るにあたって、見知らぬ人間では馬はさらに興奮を煽《あお》られかねない。それならば自分がまず探しに行くのが妥当であろう。弥輔は妙に澄んだ頭でそこまでを考え、厩舎から広がる足跡を注意深く辿り始めた。

一頭目はすぐ近くにある番屋の軒先にいた。一番歳をとった雌馬。逃げたはいいが、どこへ行ったら良いか途方に暮れて慣れ親しんだ厩舎の傍を離れなかったのだろう。

二頭目は少し離れ、番屋近くの海岸沿いにいた。月明かりに照らされた黒い影を見つけて弥輔はほっと息をつく。笹藪の一部が地吹雪で雪の間から僅かに露出している、その場所で笹を食《は》んでいた。ホウホウと弥輔が声を出して呼ぶと、一瞬びくりと耳を立たせたものの、慣れた声にむしろ安堵《あんど》したかのように歩き寄って来た。これも容易《たやす》く厩舎へと連れ戻す。

最後の一頭が問題だった。若くて一番足の速い栗毛の雄馬だが、少し神経質なきらいがある。驚いて最初に騒いだであろう馬はそいつだと弥輔は見当をつけていた。

雪の上に残された蹄痕のうち、予想通り一頭分だけが荒々しく雪を蹴り、しかも歩幅が広い。元々臆病なたちの馬がここまで動転して逃げたのであれば、かなり遠くまで探してみねばならぬかもしれなかった。弥輔は覚悟を決め、空を見上げる。満月は天頂近くで彼を見下ろしている。特別に灯りを用意する必要はない。明るさはこれで充分だった。むしろ、手元だけを明るくするよりも遠方までも見渡せる月光を信頼した方が良さそうであった。

弥輔は慎重に追跡を開始する。若馬は動揺を足取りに反映させて、闇雲に走っている。目的地もなく、ただ走り回ることを目的とした動き方。あちらに寄りこちらに寄り、かなり遠回りをしてからとうとう海岸線を越え、半島内海の氷の上まで足跡は延びていた。月が出ている時間はまだかなりある。それを心の頼りに、弥輔は氷の上に一歩足を踏み出した。

厳しい寒さの中で浅瀬である半島内海側は毎冬厚い氷に鎖される。その上を人が乗ろうが馬が走ろうがびくともしない頑丈さである。ただ、気をつけねばならぬのは、凍った内海と凍らない外海が接する部分では当然その厚さは薄い。まして、流氷があちこち寄せては返す今時分であれば、内海にまで入り込まんと押し寄せてきた流氷が内海に張っている氷を割って侵入してくることもある。そのように幾度か溶けたり割れたりを繰り返した地点というのは、往々にして氷の強度が低い。

弥輔は周囲に気を配りつつ、自分の足下にある内海の氷を凝視した。凍っているといっても表面から底まで全てが氷になっているというわけではない。ぶ厚い氷の下には冷たい水が存在している。

ましてや馬の重量は人間よりも重く、その身体を支える肢《あし》はひどく細い。そんな肢でもし氷の薄い箇所を踏み抜いたら。想像するだに肝が冷える。

弥輔が最悪の想定に身を硬くしたまさにその時、冷気を裂くような馬の嘶《いなな》きが静寂を破った。その悲鳴の出所にあたりをつけ、ひたすら急ぐ。足の先がないために身体の重心をとるのに苦労するが、弥輔はそれでも転ばずに目的の場所へと急いだ。

すぐに氷の上、白い平面の上にぽつりと黒い点が見えてくる。息を切らせて近づくとようやく点の輪郭がはっきりしてきた。

予想が当たらねば良いが、という弥輔の願いは裏切られる。氷の上でひたすら暴れ、我を失っているのは、探し続けた馬だった。

両前肢を半ばまで氷の亀裂に捕われた馬は狂ったように首を振り、自由になる後肢を振り回して抜け出さんとする。重量のある馬が暴れることで氷上のあちこちで新たな亀裂が生じ、下から水が漏れ始めている。氷が軋《きし》る不吉な音は大きくなる一方だった。悲痛な嘶きが張り詰めていた冷気を裂く。しかし集落へは遠い。助力は来ないと弥輔は直感した。

弥輔の判断は早かった。彼は一度、噛《か》み千切らんばかりの強さで唇を噛み締めた。両足を大きく開き、足先を失って力が入らぬ体にせめてもの踏ん張りをきかせる。全身の筋肉を硬直させた。これから訪れる痛みに備えて。

体に力を入れたまま、馬の後方から相撲《すもう》の摺《す》り足《あし》の要領で近づく。もがく馬は人の接近に気付かない。がむしゃらに蹴り出される蹄が風圧を伴って弥輔の耳元を掠《かす》めた。だが彼は退《ひ》かない。南無三《なむさん》、と呟いたのとほぼ同時に、馬の右後肢が弥輔の鳩尾《みぞおち》を捉え、渾身《こんしん》の力で蹴った。

硬く締めた筋肉の下、肋骨《ろっこつ》の更に奥で、何かが弾けたような音を弥輔は自分の体内から聞いた。同時に、どっしりと構えていた人間の体をやや下方に蹴り飛ばした反動で、馬の体は若干の推力を得る。巨体が前方へと跳ねる。氷に捕われていた右前肢が抜け、次いで、勢いにのって左前肢も抜けた。とうとう氷から抜け出した馬が亀裂のない氷上に転がり込むのとほぼ同時に、弥輔は先ほどまで馬が暴れて生じた氷の裂け目に嵌《は》まり込んだ。

……これが報いか。そう言葉に出す前に、弥輔の身体は氷裂を押し広げるようにして水中に没した。

氷の下に湛えられていた水は一瞬の猶予もなく弥輔の着物と素肌の間を埋め尽くす。纏っていた鼬皮の上着も水を吸った。氷と化す一歩手前の温度である冷水が身を覆う感覚に、無意識に弥輔はうめく。しかし水の中では言葉とはならず、ただぶくぶくと泡になるだけだった。肉体は一瞬にして訪れた寒さの感覚を灼熱《しゃくねつ》と見当違いさえする。温度変化による衝撃のため、肺から空気が勝手に全て押し出される。反射的に全身をばたつかせてもがくが、冷たい痛苦に身体はすぐ痺《しび》れる。

弥輔の身体は浮いていく。その眼は水面へと向けられていた。

（ああ）

自らが落ちた亀裂の先、はるか遠くに浮かぶ満月が水面ごしに見える。その光景は、不思議なほどに澄んでおり、陸上で見る月よりもはるかに本質を晒しているようにさえ見えた。

（きれいだ）

ただ陸から広い天球に浮かぶ月を眺めているのとは異なり、氷によって切り取られ狭められた範囲に収められたそれは奇妙に大きく思えて、弥輔は不思議に思った。錯視をそれとは知らずただ受け入れ、今は表面に見える陰影さえ仔細《しさい》に捉えられるような気がして、弥輔は水ごしに凝視する。その一瞬後、額と目の部分だけが水面に浮いた。

急激な低温に全身の筋肉が痙攣《けいれん》する、その激痛さえ気にならなかった。水の中は静寂で満たされていた。冷たさも、長く身を蝕《むしば》んできた幻肢痛も消え去っている。

脳裏に浮かんできたのは、馬は無事かということだった。亀裂から抜け出しても正気を失って違う氷に肢をとられてはいないか。そもそも肢に深刻な傷を負ってはいないか。自分の安全を身代わりとしたのに、あのような良い馬が、無駄になっては勿体《もったい》ない。

それから自分と縁を結んだ者達の顔が浮かんでは消える。馬に対するよりももっと真摯に、姉と姪《めい》の僥倖《ぎょうこう》を祈った。それから。

「おとう」

肺の奥深くにあった最後の一息が泡となって水中に散る。

「おとう。おとう。おとう！」

声にならなかった筈の呼び声は弥輔の脳裏で繰り返され、奇妙に心地が良かった。そうして自分の心臓が最後の拍動を果たす大きな音も、弥輔は自覚しないまま最期の時を終えた。


弥輔の亡骸《なきがら》は翌朝早くに、氷下漁を行う蝦夷の老漁師によって見つけられた。氷原の一箇所で妙に烏《からす》や鷲が群がっていたので近づいて見ると、氷が薄くなり割れたと思しき跡に、新たに張った蓮氷《はすごおり》に覆われるようにして、男の死体が浮かんでいたのだった。

その体は顔の部分だけが完全に氷の上に浮いており、そこが鳥達の絶好の標的にされていた。群がる鳥達に食い尽くされたのか、顔の肉がほぼ削《そ》がれ、鼻も唇も舌も眼球も既にない。

真っ赤に染まったかつての顔面になおも可食部を求めて鳥同士が激しく牽制《けんせい》しあっていた。老漁師は遺体を引き上げようと試みたが、血気に逸《はや》る鷹《たか》どもに阻まれ、通行屋に知らせてようやく人が到着したのは既に正午を過ぎてからのことだった。

一報を受けて、台所仕事をしていたたづは竈に掛けていた鍋を下ろし、火を落としてから現場への案内を頼んだ。表情に悲嘆の色はまだない。ただ、白磁のように色のない顔を強張《こわば》らせ、その場所へと駆けつけた。

そして対峙《たいじ》した。顔面だけ変わり果て、それでも身に付けている衣服から間違いなく弥輔だとわかる死体と。かつて弟であった肉体と、無言のうちに。

たづは暫く、表情のないままで弥輔の遺体を見下ろしていた。平左衛門も周囲の人間も、ただその様子を黙して見守る。やがて、彼女は我に返ったように前を向くと、死体を見つけた老漁師や氷から引き上げてくれた男達に丁寧に頭を下げて礼を言った。ひどく形式ばった所作だった。

遠巻きに彼らを見詰めていた鷲どもは時折互いを牽制しながら鬨《とき》の声を挙げる。澄みすぎた冷気に響くそれは、寿《ことほ》ぎのように奇妙な抑揚を伴って冬の空気を満たし続ける。人と鳥との中心にある弥輔の体は雪上へと引き上げられ、周囲の喧騒《けんそう》などまるで感知せぬように、上下の唇を食い尽くされて剝き出しになった歯でにいっと天に向けて笑っていた。平左衛門の目にはそのように見えた。

顔だけが無残になった遺骸は唯一の身内であるたづによって引き取られた。

凍りついた土を四尺も五尺も掘って埋葬することは厳冬期の今はとても叶わないため、やむなく棺桶代わりの古い酒樽に折り曲げて収められた後、堅く封をして通行屋に最も近い番屋の、北側の軒先に置かれた。これで少なくとも土が掘れる春までは腐乱することなく保存ができるはずである。

人の少なくなった野付ではあったが、残っている者は相応に縁のある古参の者が多かった為に、弥輔の事故は長く悼まれた。ネモロ通行屋の支配人は弥輔の鷲獲りの腕を惜しんだというし、伝兵衛は彼の人柄を悼んでたづに弔意を伝えた。

りんは慕う叔父の突然の死を伝えられ、涙に暮れた。たづから数珠を借りては、弥輔の遺体が置かれている番屋に赴き、毎日樽の前で手を合わせた。唯一のきょうだいを亡くしたたづが泣くことはなかった。ただ瞳の憂いをいや増して、沈むりんを時に叱咤《しった》しながら平静を保つことに努め、己の哀《かな》しみを昇華させようとしているかのようだった。

平左衛門はあれこれと母子に心を配ろうと試みたが、あくまで凜《りん》としたたづの様子にそれも早々に諦めざるを得なかった。

一度だけ、話の流れから敢《あ》えて脈絡を外して、「春に松前に帰ることになる」と溢《こぼ》した。それから、「来るか」と簡潔に訊いた。たづは静かに目を伏せて首を横に振った。予想に違《たが》わぬ答えではあったが、平左衛門は幾分寂しさも感じた。

それからはただ、なるべく野付に留まり、たづに酌を頼むようにした。余計なことを言うでもなく、ただ静かに悲しみも冬の寒さも己の中で収斂《しゅうれん》するよう努め、そして日が経過する。

弥輔の死から七日が経ち、十四日経ち、四十九日も過ぎる。

春近いある日、湾の外海を占めていた流氷が消滅した。風の具合によって岸から多少つかず離れず細かな移動をしていることはあったが、太陽の角度が高くなり、春の訪れを感じさせる頃合を計ったかのように、海を埋めていた流氷は殆どが遠く離れ、或いは溶け去った。もう氷が擦《こす》れ合う音も聞こえない。海は所々に流氷の残滓である氷の破片を浮かべながら、曇天のもとで灰色の波を湛えていた。

その夜。たづは、平左衛門に酒を注いで徳利が軽くなった頃、ふいに居住まいを正した。

そのまま畳に指をつき、深く頭を下げる。表情は深く伏したままで窺えない。だが、平左衛門は来《きた》るべき時が来たことを知り、猪口《ちょく》を置いた。なるべく音を立てぬよう注意した。

「恐れながら、けじめをつけねばならぬ時期であるかと存じます」

たづが頭を下げたままで呟く。これまででいっとう優しい声で、しかしきっぱりとした宣言。反論を許さない声だった。

「果たされねばならぬことなのです。世間様の常ならぬことであったとしても、我が手で全てのけじめを」

「おい？」

単純に予想していた、関係に終わりを、という風向きでないことを感じ取り平左衛門は戸惑う。たづは身体を起こすと、懐から短刀を取り出し、目の前に置いた。

たづの父親が生前、働き振りを評価されて松前藩の官吏から賜ったという品だった。ことさらに細かい拵《こしら》えがあるでなし、短刀としてはさほど価値のあるものではなかったが、形見としてそれを娘の次ほどに大切にしているのだと、いつか平左衛門に語ったことがあった。

その短刀を少しの躊躇《ためら》いもなく、ついと平左衛門へと押しやる。

「お預かり下さいますよう」

「まさか、おまえは。まさか……」

よもやの予感に至った平左衛門の呻《うめ》きには答えず、たづは「ひとつ、お縋りしたきことがございます」と声を重ねた。

「わたくしめが人道から外れようが、畜生道に堕《お》ちようが、それは当然の応報というもの。ただひとつ、案ずるべきは娘のことにございます。せめて貴方様の宜しいようにお取り計らい頂ければ、幸いこの上ございません」

しばしの沈思の果てに、平左衛門は分かった、と声を絞り出した。たづは初めて顔を上げると、これまで見たことのない最上の笑顔を向けた。

「全うできるのです、ようやく。我ら父子の、姉弟の、救いなき煩悶《はんもん》を」

一点の曇りも迷いもなく、笑う。

「今だからこそ、全うできるのです」

それを見て取ると、平左衛門は溜息《ためいき》を一つ吐《つ》く。そして、たづに猪口を握らせた。徳利の底に残っていた酒を満たしてやる。なみなみ注がれた水面には少しの震えも生じなかった。たづは一息で杯を干すと、おいしい、と息を吐いた。

彼女の頰がほの赤くなる様子を眺めながら、平左衛門はああ、この女が酒を飲んでいるところを見たのは初めてだった、と気付く。

末期の水の余韻を楽しんでいるのか、たづはふふ、と笑いさえした。

「わたくしは嬉《うれ》しいのですよ」

静かに言い切る。微笑みに彩られたその声には一切の偽りなく、それきり、平左衛門からもあらゆる言葉を奪っていた。


半ば朽ち果てた古い番屋が炎上しているとの報を平左衛門が得たのは、夜半のことだった。このとき、彼は自室で波立つ心と向き合うように風の音を聞いていた。突然、襖の向こうから「火が」「風が強くて」「人が」といった慌ただしい声を聞き、どこかで悟った。

たづだ。

確信を得た。疑いようもなかった。女中が息せき切って知らせに来る前に、平左衛門は腰を上げ、仕度をした。

自分の顔から悲嘆も怒りもあらゆる表情が奪われ、奇妙に淡々としているのに気付いて、ああ、弟を喪った時のたづもこのような心持ちだったのかな、などと気付いた。

今更に過ぎたことだった。


風は北東、つまりクナシリの方向から吹き付けていた。外洋側では波頭が砕け、飛沫が陸深くまで届くなかで、炎が大きく燃え盛る。風を得て火勢は強い。

月の明るさを押しのけて、赤黒い炎が番屋全体を包んでいた。火の強さはいや増すばかりで、冬で人手の少ないこの時期とあっては、消火などは到底考えられなかった。

人々は距離を取って様子を眺めるばかりで、誰もが惨禍を前に為すすべなく立ち尽くす。半島に冬も残っている全ての人間がここに集まっていた。

その中で通行屋の下男の一人が、たづの姿が見えないことに気付く。燃えている番屋の軒先には、彼女の弟の遺体が置かれていることに思い至り、発火とたづを関連づけておぼろげな予感を得るが、いずれにせよできることは何もない。

平左衛門は人々の中に小さな影が混じっていることに気付く。寝巻きのまま立ち尽くしている、りんだった。その瞳は焼ける番屋を映しているが、まるで宙を舞う蝶《ちょう》を眺めるようにその視線はふらふらと揺らぎ、何が起こっているか把握できない様子だった。

りんの傍らでは伝兵衛が雪の上に両膝をついていた。炎の赤い照り返しの中でもはっきりと分かるほど、その顔は青い。時折思い出したように隣に居るりんの表情を窺っては、手を伸ばしてその小さな肩をさすってやっていた。

平左衛門が近づくと、視線を炎に向けたままで、「たづですね」と訊いてきた。平左衛門は無言で頷く。そのまま、並んで番屋が燃え狂うさまを見守っていた。

魚の燃える匂いがする。番屋に残っていた鰊滓と鰊油が燃えているのか。それから木が燃える匂い。

「は、ははは、ははは」

意識に上らぬまま、平左衛門は声を伴いながら口から息を吐き出す。すぐに力ない笑い声へと変わった。伝兵衛が我に返って睨みすえてくる。

「気でも触れられたか」

「いや」

問いかけた伝兵衛にではなく、己自身と、傍にいるりんに言い聞かせるように言葉を探す。

「全うしたのだな、と思うて。ちゃんと、全うできたのだな、と」

意味を量りかねた伝兵衛が、狂気を咎《とが》めるような目で平左衛門を見ている。りんもようやく炎から視線を逸《そ》らし、不思議そうにこちらを見ていた。平左衛門は構わずに目を閉じる。眼裏《まなうら》にまで明るく炎の光が差して、ゆらゆら揺れていた。温かい闇の中で感覚が妙に鋭くなる。平左衛門の鼻は燃える建材の中に彼ら姉弟の肉体が焦げる匂いを嗅《か》ぎ、耳は荒れ狂う波音に紛れて声なき絶唱を聞いた気がした。

「然《さ》ればこそ」

平左衛門は目を閉じたまま、りんに手を伸ばして引き寄せた。見開かれていた目蓋を覆って閉じさせる。りんの視界は大きな掌《てのひら》に遮られて、肉親が燃える炎はもう目蓋ごしにも届かない。

「然ればこそ、弥終の楔《くさび》に相応《ふさわ》しかろうや。なあ……」

炎の爆《は》ぜる音と平左衛門の声がりんの塞がれた視界の中で響いていく。そのまま、りんは平左衛門の腕に頽《くずお》れて気を失った。

日を選び、焼け焦げた姉弟二人の遺骸は改めて荼毘《だび》に付し直された。平左衛門や伝兵衛、そして本土の集落からも数多くの蝦夷たちが立ち会った。蝦夷の幾人かは彼らなりの追悼の言葉を彼らの言葉で唱え続けている。伝兵衛はそれを訳さなかった。平左衛門も特に求めることはなく、ただ黙して作業を見守った。

暦の上では春近いにもかかわらず、快晴で磨かれた大気が血肉に突き刺さるように寒い日だった。

白い凍土から立ち上る煙は一面青に塗りつぶされた空へとまっすぐ伸びていく。りんはその煙を見上げていた。立ち上る行く末を眺める瞳が湿り、やがてひと筋、静かに零れ落ちた。それを切っ掛けに底が抜けたように、泣いた。

大声を上げ、流れ続ける涙を拭うことも忘れて、独り残された子が泣き続けた。おかあ、おかあと吼えるような呼び声に、居合わせている大人は皆深い同情を覚えたが、誰も少女の肩を抱くことはなかった。

故にりんは独り、存分に泣くことができた。自分で得心のいくまで、声を限りに。

はるか高い空で鷹か鷲かが二羽、三羽と弧を描いて飛んでいる。平左衛門はその飛翔の軌跡を目で追いながら、自分が見届けたひとつの終焉《しゅうえん》を静かに悼み、深く重く息を吐いた。


太陽が空の高い位置にある。袖から出た手に当たる陽光がすっかり暖かく感じられるようになってきた。

空が騒がしかった。冬鳥が北に往き、南からも多くの鳥どもが帰ってくる。入れ替わっている。さまざまの鳴き声と共に。

凍て付いていた土も徐々に温もり始め、とろけた泥からぬるい土の匂いが立ち上る。

覚えのある匂いだ、と平左衛門は思った。

次の群来を待たずして、平左衛門は蝦夷地を離れることとなった。調査の任務は悪くない進捗を示しており、或いは本土深部まで踏査することも可能であったが、書面だけではなく平左衛門が直接に報告することが望ましいであろうという上の判断であった。

りんは平左衛門が引き取ることにした。

引き取るとはいっても、武蔵にある平左衛門の生家で子守り娘を必要としている長兄夫婦に預けるという形になるが、身内の一切をいちどきに失ったりんにとってはこの上ない話であった。

りん以上にこの話を有り難がったのは伝兵衛だった。彼としては、身寄りを喪ったうえは彼がりんを後見するに近い形で働かせようと思っていたのだが、内地へという話はかねてより本人の望みでもあったのだ。伝兵衛は平左衛門が辟易《へきえき》するまで礼を言い続けた。

りん本人も何らの異もなくこれを受けた。丁重に頭を下げ、「宜しくお頼み申し上げます」と歳らしからぬ口上を述べる姿に迷いはない。だが、その眼に一瞬過ぎた影を平左衛門は敢えて見ぬふりをした。

出航の日は朝から慌ただしいものとなった。すっかり仕度を整え、船へと渡る伝馬船に立った平左衛門は、りんの姿が見えないことに気付いた。あれほど遠くに行かぬようにと言い含めていたのに、と溜息を吐く。

「分かるような気が致します」

妙に神妙に、見送りの伝兵衛が頷いた。

「このような時だけ童らしく忘れ物か？」

「いえ」

平左衛門の道化た言い草に忍び笑いさえ溢して、伝兵衛は首を振る。

「新たな地へという欲と、根を張り度《た》いという二つこころは、一つの身体に同居するものでございましょう。それが童か大人かに関わらず」

伝兵衛の微笑みは穏やかで、その視線は目の前にいる自分ではなく、異なる事象を見ていると平左衛門は感じた。思えばこの男はいつもそうであったと思い至る。

これまでも、これからも、恐らく伝兵衛は野付で、その眼に映る万象を見続けていく。その事実が、今の平左衛門の心には安息に感じられた。一期の別れとなるであろうな、という予感がしたが、それはひどく道理に沿っていることのように思えた。

伝兵衛が人にりんを探させようと言うのに頷き、平左衛門も一度伝馬船を降りて自ら朱の晴れ着姿を探す。そのついでか、視界に映る野付の風景を心に焼き付けようとしている自分に気付いた。離れがたい思いが、りんだけではなく自分にもあるのだろうか。

思い至って苦笑う。

りんは、通行屋から少し離れ、正面に本土の浜を臨む砂浜に立ちすくんでいた。からげられた裾ぎりぎりまで静かな波が足を洗っている。彼女は対岸の浜を見ていた。浅い海を隔てたその向こうには一頭の馬がこちらに顔を向けている。

栗毛の馬だった。おそらく冬の間に通行屋から逃げ、弥輔が海へと転落する原因となった馬だろう、と平左衛門は予想した。

馬は大地に四肢を踏ん張り、やけに堂々としているように見えた。鏡面のように凪いだ内海の汀《みぎわ》に立つ馬の影が地平を境として水面に逆さまに映っている。間を、陽気のために立ち上る水蒸気がゆらりと漂って埋めていた。

その顔が、海ごしにじっとこちらを見ている。馬の目そのものが見える距離ではないが、その視線は間違いなくこの女児と自分に突き刺さっている。平左衛門はそう直感した。

りんも馬を凝視している。手を振ることも、声を上げ呼ぶこともなく、ただじっと、沈黙の中でおそらく彼女なりの時を過ごしている。平左衛門は声を掛けることを止め、ただ彼女の小さな背を見守っていた。

暫くすると、りんは波間にしゃがみ込んだ。小さな波が晴れ着の裾を濡らす。それに全く気を払う様子もなく、彼女は水の中に両手を差し入れた。

掬い取った海水を一瞬眺める。それから、掌に小さく溜まった塩水をゆっくりと口に含んだ。塩辛さに躊躇する様子もなく、一口、目を閉じ嚥下《えんげ》する。産土《うぶすな》の潮。それを受け容れ、飲み下した横顔。母親の面影が確かに継がれていた。

振り返り、りんは一礼した。馬に背を向け、もはや汀を振り返らず、平左衛門の方へ歩いて来る。その足取りは力強い。

空高くに大きく旋回する影がある。大鷲だった。こちらを睥睨《へいげい》しているであろうあの大鳥は、果たしてあの男の眼球を食ろうた鳥だろうか。僅かに頬を撫ぜるこの春の風は、あの女の灰を一縷《いちる》含んでいるのか。そして我らの帆を推していくだろうか。

そうして鳥の目となり風となり、あのきょうだいは我らを、この半島の来し方行く末を見ているのか。

埒もない思いに捕われながら、平左衛門は瞑目《めいもく》し、空に向かって手を合わせた。

目蓋ごしに感じる春の陽《ひ》はどこまでも暖かかった。

解説

桜木紫乃

昭和の中期、「文学の陽《ひ》は僻地《へきち》から昇る」と言った人がいた。

ずいぶんと若い頃に耳にした言葉だが、年を重ねて「なるほど」と思うことがあった。

河﨑秋子との出会いがそうだ。

初めて会ったのは、二〇一三年だったと記憶している。藤堂志津子さんの声かけで、北海道内の書き手が札幌に集まり会食した日だった。北海道新聞文学賞を受賞されて間もない頃ではなかったろうか。

今でもはっきりと覚えているひとことがある。いったいどんな話の流れでそんな言葉が飛び出したのか、それすらも霞《かす》むほどの衝撃だった。

「鯨以外の哺乳類はすべて絞めることができます」

初対面の挨拶の流れにしてはハードなひとことだったが、返した言葉が「人間も?」。こちらの質問に彼女は「ええ、たぶん」と答えたと記憶している。

そのあと彼女は落ち着き払った仕種《しぐさ》で、声で、哺乳類を絞める方法を語っていた。

当時の彼女の生業は羊飼いで、生家では牛馬の世話もしているという。いつ原稿を書いているのか、との問いには「牛舎に出る前です」と答えた。

戦後の道東には、明日を夢見る小説家が山のようにいた。みな筆一本で己の思想と死生観を世に問いながら表現活動を続けていた。おそらくそれは、全国どの地においても同じではなかったかと思う。

大雪山《だいせつざん》を背骨として左右に広がる北海道は、太平洋とオホーツク海、日本海に囲まれており、島というには広すぎる。大きく道央、道南、道北、道東の四つに分けられるがそのどれもが他県ひとつぶんかそれ以上の広さがある。そしてその土地土地に入植した人間の末裔《まつえい》がいる。

町と町が何十キロと離れていることも多く、核家族百年の歴史を持つ当地において、内地の文化的名残もさまざまだ。

河﨑秋子は北海道の東に位置する別海町《べつかいちょう》に生まれ育った。漁業、炭鉱、パルプ、酪農がある道東は、冷涼な気候ゆえこの国のどんな歳時記からも外れている。この国のどこよりも朝の早い土地、というとうまく伝わるだろうか。

知り合ってから間もない二〇一四年、彼女は『颶風《ぐふう》の王』で三浦綾子文学賞を受賞して華々しくデビューした。

玄関先で開いた本には「ねえさん、やっと出来ました。秋子」の一筆箋があり、嬉《うれ》しくて読み始めたら止まらなくなった。

ハッと我に返ったのはもう三分の二を読み終えたところだった。読む者を懐深くまで引きずり込む荒々しい熱量にがっちりと体を摑《つか》まれ、残りは階段に座り込んで読んだ。後にも先にもない経験だった。

筆はまったく乾くことなく、二〇一六年同作でＪＲＡ賞馬事文化賞を受賞。二〇一九年『肉弾』で第二十一回大藪春彦賞受賞。二〇二〇年『土に贖《あがな》う』で第三十九回新田次郎文学賞受賞と続き、河﨑秋子は常に次回作を待たれる大切な書き手となった。

本作「鯨の岬」は、老境の主婦奈津子の置かれた生活環境と家族関係を描きながら、その生い立ちと、忘れていた過去を掘り起こす中編だ。

札幌に暮らす奈津子の日常は、息子夫婦や孫との関係といった新しい時代と対峙《たいじ》する諦念の上に横たわっている。そこかしこに残像のように積もってゆく不満は、昭和半ば生まれの女ならたいがい身に覚えのあることだ。

宇宙人のような孫、化石のような夫の世話をしながら、生活に埋もれてゆく主婦の鬱憤は、本人でさえ気づけないほど何層にも積み上げられてきた。加えて、認知症を患う実母は鉄路で四時間半かかる釧路の施設にいる。月に一度母の様子を見に日帰りをするのは、似たような環境で暮らす当事者として言わせてもらえば、体力的にも精神的にもかなり厳しい。

奈津子は自分のために使える時間を本を読み過ごす。内省を習慣とすることで、深い掘り起こしをしないで済むこともあったのだろう。

ある日母の様子を見に釧路へ行った奈津子は、駅に着いたところでふっと幼い頃に住んでいた町へ向かう車両に乗り継いでしまう。彼女の無意識が、非日常を選んだ瞬間である。

釧路発根室行き花咲線。車窓に広がる景色に流されるようにして、非日常にたぐり寄せられる奈津子。それは、幼い頃の自身に出会う旅へと変わる。

奈津子の幼い頃の記憶には「腐った鯨」がおり、道東における捕鯨の歴史を傍らに、時の経過と人の世の移り変わりが書かれている。腐った鯨の腹は発酵してやがて爆発する、という記憶が実は何だったのか。

過去と対峙することは、自分をゆるし人をゆるす行為でもある。

奈津子は思わぬところで過去の事実を知ることになるが、そのときに立ち上ってくるのは自分を取り巻く生活と家族へ向けた「肯定」ではなかったか。

人には、自分が知りたいことを知りたいという、深く己に分け入る素直な心の欲求がある。本作で著者はそうした人間の欲求を肯定する仕事をした。

すぎではないか。

座り心地の良さそうなソファーに腰を下ろしての読書であった。シンクロにしては出来

家から少しばかり離れた街で、歩き疲れたところをホテルのラウンジに立ち寄った。

「鯨の岬」を、図らずも奈津子と同じ、日常を少し離れた場所で読んだ。

「東阪《とうすう》遺事」は二〇一二年第四十六回北海道新聞文学賞受賞作品。

時は文政、幕府の役人として、東蝦夷地の野付に赴任した山根平左衛門と、土地の人間たちが描かれる。

齢《よわい》三十一、平左衛門は身のまわりの世話をしてくれる土地の女たづと男女の仲となる。たづの幼い娘りんは探究心つよく利発だ。たづの弟は下働きの弥輔。姉弟の父は、ふたりが幼いころ氷原で凍って死んだ。想像を超える寒さに血管まで凍ってしまったと想像するだけで、読む者の体温も下がってゆく。人間の生き死ににおける、ふるりと震える描写は著者の真骨頂。

人間の存在から命を考え、深く思考を掘り下げる書き手は多い。しかし河崎秋子は逆である。彼女の小説はいずれもまず「命」から入るのだ。

命あり、そして生きものがある。

著作を読み続けてきて感じるのは、共感を欲する感情へのつよい疑問だ。それは、北